那个叫
大许家的地方

姚建　李凌◎主编

中国言实出版社

图书在版编目(CIP)数据

那个叫大许家的地方 / 姚建，李凌主编 . -- 北京 : 中国言实出版社, 2023.12

ISBN 978-7-5171-4713-8

Ⅰ . ①那… Ⅱ . ①姚… ②李… Ⅲ . ①中国文学－当代文学－作品综合集 Ⅳ . ①I217.1

中国国家版本馆 CIP 数据核字（2023）第 252149 号

那个叫大许家的地方

责任编辑：张　朕
责任校对：李　颖

出版发行：中国言实出版社
地　址：北京市朝阳区北苑路180号加利大厦5号楼105室
邮　编：100101
编辑部：北京市海淀区花园路6号院B座6层
邮　编：100088
电　话：010-64924853（总编室）　010-64924716（发行部）
网　址：www.zgyscbs.cn　电子邮箱：zgyscbs@263.net

经　销：新华书店
印　刷：徐州绪权印刷有限公司
版　次：2023年12月第1版　2023年12月第1次印刷
规　格：800毫米×1230毫米　1/32　7印张
字　数：146千字

定　价：68.00元
书　号：ISBN 978-7-5171-4713-8

大许火车站老照片

朱庄烈士陵园

电商园

金石园

黑玉米丰收

大蒜丰收

草莓丰收

杭白菊丰收

本书编委会

期许之地　应有之情（序）

陈北京

《那个叫大许家的地方》即将付梓，里面收录了徐州作家三十余篇有关大许的作品，可谓题材多样，内容丰富，亮点纷呈。捧读再三，思绪便慢慢延展开来。

说到大许，对于我来说并不陌生，在某种程度上还可以说十分熟知。

记得当年在政府办工作时，因为协助分管农业的区领导做具体工作，所以每年去大许镇检查、调研的次数不在少数，大许是个农业大镇，因而对其关注度也高。时间既久，就有了一个难以抹去的记忆，比如，因为收割期偏晚，只有当大许的夏收、秋收完成后，才意味着整个铜山的夏收、秋收全部收官。不仅如此，长期的乡间调查和工作实践，让自己对大许镇面临的困境亦有所了解。比如财政吃紧、人居环境整治任务重、信访事件及遗留问题较多、因病、因残致贫家庭多发……实事求是地讲，主政这样一个相对偏远又不算富足且问题不少的地方，对谁来说，都是一个不小的挑战。

2022年底，正当新冠疫情发生阶段性转变的时候，组织宣布我到大许任职。那重任在肩的紧迫感、压力感、责任感一下子袭上心头。或许正因如此，当我来到大许，便有了对大许镇全方位发展的切实期待。也因此，在短短的半年多时间里，对于脚下这片充满勃勃生机的土地有了更为全面、深刻的认识。

——历史文化厚重之地

遥望历史，大许镇域的开发，迄今为止已有千余年。

就镇区来说，铺枕于1919年的大许家火车站，促进了大许镇的现代化进程。若问站北旁的百年子母古槐，定会告诉你那响彻大许镇的火车鸣叫声是如何从汽笛变成了电子音，蒸汽机车如何变成了现代化的电力机车。

移目乡间，位于板桥村的一座建于明万历年间的增福寺仍有迹可循，清初廪善生张景超为寺庙捐献的一对石狮子，双目怒睁，已为人间祛邪扶正四百余年。

面对这一切，我想无论是谁都会投下赞许和羡慕的目光吧。

——红色基因传承之地

或许因为大许镇的特殊位置，以及东陇海线的开通，让大许镇成了国内许多重大事件的见证者。

1921年11月，陇海铁路举行全线大罢工，大许家火车站工人积极响应，以激荡夜色的汽笛声表达了他们对于黑暗势力的愤怒。由此，红色基因在大许家的土地上扎下了根。

1938 年 5 月，朱庄村青年朱太刚发动几百名群众冲进大许家火车站，把大米、面粉、食品等抢运出去，不仅帮助当地农民渡过了春荒，亦避免了众多物资落到日寇手中。这之后，朱太刚积极组织抗日武装，募款购置枪支、长矛、大刀，并于 1941 年光荣地加入了中国共产党。

淮海战役中，人民解放军以 8 个纵队的强大兵力于此全力阻击邱清泉、李弥的两个兵团，为淮海战役的全面胜利做出了巨大贡献。这一史称“徐东阻击战”的光辉战例，让大许家的这片土地披上烂漫霞光并永载史册。

青山不老，英魂永存。

1988 年朱庄烈士陵园建成。

1989 年沙庄村烈士陵园建成。

如今，这两处烈士陵园早已成为远近闻名的爱国主义教育基地，而大许人必将在这片血与火洗礼的大地上，一代代将红色基因传承下去。

——产业转型承载之地

作为传统的农业大镇，要振兴经济，不仅要向内看，同时目光必须向外看。

从草莓红到菊花黄，从玉米黑到大蒜白，从农产品加工业到机械、电子制造业，乃至最时髦的数字经济，大许镇的产业几经嬗变，基本上已摆脱了农业产业单打一的窘迫局面。如今，位于东兴机械电子加工集聚区的江苏健荷生物科技有限公司，年产值达到5亿元以上；徐州硕勤机械制造有限公司，生产线即将开启。还有江苏正浩宠物用品有限公司，已成为铜山区最大的宠物食品、宠物用品生产加工基地。再比如，位于镇区西部的数字产业园，其“新媒体+电商”的理念早已深入人心，借助园区，仅2022年就实现销售收入1亿元以上。

当然，产业的兴旺发展总离不开人。

如“草莓红”的代表人物赵新华，在他的带领下，板桥村草莓种植面积迅速发展到2300余亩，吸纳400余名农村劳动力返乡就业，助力20余户低收入户增收，形成了“集体领办、党员带头、中心户指导”这一产业发展模式。

还有“农爱田·润家园”品牌的创始人付宝华，经过7年多的发展，如今已经成为年销售收入3亿多、创汇2000万美元以上的国家级农业产业化重点龙头企业。对于他来说，“农爱田·润家园”已经成为他心灵的图腾，更是他孜孜追求的诗与远方。

——雄狮精神昂扬之地

请你打开徐州市地形图，看看大许的模样，相信定会让你大吃一惊。因为它不仅正好位于整个徐州的中心点，如果再仔细观察，并沿着大许镇的边界线画个草图的话，便会看到一只昂首挺胸的雄狮形象……

关于雄狮精神，在我的理解中，那是一种无往而不胜的魄力，是一种独立于天地间的力量，是自信勇猛的冲天豪气。它是一种精神，也是一种智慧，更是一种谋略。我想，作为一片被英雄的鲜血染红的土地，大许本身就具备雄性的力量，烈士们那种大无畏的牺牲精神、革命的冲天豪情，不就是雄狮精神在大许真实的历史体现吗？只要心怀着这种精神，大许镇的明天实在可期，大许镇的未来值得期待。

与此同时，大许的河流是清澈而富有诗意的；大许的公路、铁路、航运通达东西南北，任尔驰骋，是浪漫的；一座四星级高中为国家培养了众多学者、教授、作家、诗人，无疑是极其可爱、令人景仰的；面对全国重点镇、全国千强镇、国家卫生镇、江苏省健康镇、徐州市重点中心镇等众多荣誉，我无法不心生情愫。

——对土地的深情

一方水土养一方人。大许镇12万亩耕地，不仅春有桃花、夏有麦黄、秋有稻香的田园景色令人心旷神怡，草莓的香甜、大蒜的辛辣、黑玉米的清爽更是各具特色，无不令人心向往之。这一切，正是来自这一方水土的馈赠。而当你伫立在大运河、房亭河畔，看着或宽或窄的河水缓缓东流，心中的歌谣当不吟自起，在陶醉中自有无限憧憬上心头。

——对百姓的真情

虽然来大许工作的时间不长，但我已经感觉到了大许百姓的善良和朴素。一些老上访户，在我多次登门后，亦表现出积极的配合，不仅解决了问题，甚至还成了朋友，正可谓“以真情换真心”。还有农村人居环境整治，美丽乡村、特色田园乡村建设，农村危房改造，旱厕改水等等，对于这些牵扯到老百姓根本利益的事，再小都是天大的事。

——干事创业的豪情

俗话说，为官一任，造福一方。要实现这一理想，既要有能干成事的本领，还要有扎实稳妥的规划，更要有干事创业的豪情。

2023年，对于大许的发展，镇党委、政府提出了“六个年”的推进路径。一是“产业发展突破年”，通过这一抓手，进一步做强做优做大各类产业。二是突出“人居环境深化年”，以此来进一步打造宜居宜业优美市镇。三是突出“遗留问题化解年”，借助这一抓手，进一步创新优化社会治理链条，着力破解更多难事、烦心事。四是突出“干部素养提升年”，通过不断增强广大干部干事创业的能力和水平，推进各项事业发展。五是突出“体制机制创新年”，进一步激发增强提升工作活力。六是突出“组织建设提质年”，通过强基固本夯实基层基础。

我想，如果全镇上下都能够按照这“六个年”的要求齐心协力，团结奋斗，来年我们再邀请作家们到大许做客时，一定会看到一个全新的、更加美丽宜居的大许。

大许梦，徐州梦，中国梦！

在这个叫作大许家的地方，我相信，这个美丽的梦想，一定会在实现中国式现代化伟大的实践中逐渐成为现实。

（陈北京，现为江苏省徐州市铜山区大许镇党委书记）

铜山区大许镇基本情况

大许镇位于徐州市区东郊30公里，是东陇海产业带上一个重要节点型小城镇，是徐州市“十四五”规划中的东部物流新城所在地，也是以农产品深加工、商贸物流业为主导的全国重点镇。近年来，大许镇先后取得了全国重点镇、全国千强镇、国家卫生镇、江苏省健康镇、徐州市重点中心镇等荣誉。

一是五通汇流、蓬勃发展的大许。便捷发达的交通体系是大许最突出的特征和优势，该镇南临观音国际机场，北枕京杭大运河，西临徐州五环，徐连高铁、连霍高速、绕越高速穿境而过，311国道和252省道在境内垂直相交，航空、水运、铁路、高速、国省道五通汇流的交通条件使大许具备了承东接西、沟通南北的独特区位优势。随着徐州城区东向发展战略的深入推进，一大批重大项目落户大许，该镇正向经济繁荣、近悦远来的区域中心城镇目标奋力迈进。

二是商贾云集、宜居宜业的大许。大许镇域面积129平方公里，下辖23个行政村（104个自然村），镇区建成区面积5平方公里，户籍人口8.9万人，社会人口近10万，仅镇区就集聚了4万多人口，是名副其实的区域中心。作为国家重点镇，大许拥有健全的教育、医疗、养老等公共服务体系。坐落有省四星级高级中学——大许中学、初级中学两所，小学中心校下辖9所完小，形成了完备的学前和基础教育体系；大许医院为铜山区第三人民医院，是周边居民就医首选之地；全镇公（民）办养老院达到6家；商贸服务业发达，餐饮、购物、娱乐功能齐全，满足了周边300平方公里约30万群众购物、上学、就医、休闲等方面需求。

三是产业兴旺、产城融合的大许。大许是传统的农业大镇，现有在册耕地12万亩，常年种植小麦8.6万亩，水稻8.2万亩，先后建成了“优质水稻基地、千亿斤粮食生产基地、国家级农作物试验示范基地”。近年来，该镇坚持尽锐出战，全力赶超，立足实际，全力构建了以现代物流服务业、高端装备制造业、农副产品加工业和数字经济为主导的“四大”产业；精心打造了“西工东农”的产业布局，西部是徐州东兴机械电子产业集聚区（工业园区），主要以工程机械制造、电力设备研发、电子商务等产业为主；东部是江苏徐海（国际）农副产品加工出口集聚区（农业园区），主要以大蒜种植、销售、深加工为主。

当前，大许镇紧紧围绕“争当产城融合特色镇、争当乡村振兴示范镇、争当宜业宜居新市镇”目标，以“产业发展突破年、人居环境深化年、遗留问题化解年、干部素养提升年、体制机制创新年、组织建设提质年”为抓手，以“四个提升”和“一述五评”为引擎，深入开展“来赢讲堂”和“榜样大许”等系列活动，进一步推动全镇党员干部解放思想，坚持敢为善为挑重担，务实落实扛重责，努力实现由农业大镇向农业强镇华丽转身的奋斗目标。

聚焦乡村振兴，书写铜山的“新山乡巨变”

——徐州作家赴大许镇开展主题创作实践活动

布谷声声“三夏”日，焦麦炸豆农事忙。为贯彻落实中国作协提出的“新山乡巨变”创作计划，深入挖掘乡村丰富文化底蕴，感受新时代农村、农业、农民生活变化。2023年5月26日，徐州市作协、铜山区作协组织的50余位本土作家，走进铜山区大许镇开展“深入生活，扎根人民”“书写新山乡巨变”主题创作实践活动，全面、深入、系统挖掘大许镇在经济、政治、文化、社会、生态文明建设等各领域发生的深刻变革，记录新时代农村巨大变化。以文学提升基层影响力、美誉度，赋能乡村振兴。

“聚焦乡村振兴，书写新山乡巨变，徐州作家走进大许镇主题创作实践活动”启动仪式在大许高中举行，铜山区文联主席姚建致欢迎词，徐州市文联党组成员、副主席沈士峰讲话，大许镇党委书记陈北京介绍大许镇的历史、文化及经济社会发展情况，启动仪式由徐州作协副主席杨洪军主持。

作家们先后走访参观了大许镇高中校史馆、徐东阻击战前线指挥部旧址、朱庄烈士陵园、江苏农爱田生物科技有限公司、徐州东部新城数字经济产业园等，对大许镇的经济社会文化发展有了直观的看法。特别是该镇的红色文化、现代农业发展、数字经济、小城镇建设、党建+股田制等给大家留下深刻印象。

大许镇是农业大镇，如今发展大蒜6万亩，国家级农业产业化龙头企业江苏农爱田生物科技有限公司，集大蒜育种、示范种植、销售、深加工于一体，有效解决了农民种植销售难题，使大蒜产业成为富民产业。同时，该镇发展草莓2500亩，促进了农业增效农民增收。该镇的电商产业园，通过直播带货，促进当地农副产品线上销售，有效拓展了销售渠道。各位作家、艺术家和摄影家等人通过不断询问，全面、深入、系统地挖掘经济、政治、文化、社会等各领域发生的深刻变革和巨大进步，用心用情聚焦大许的美丽乡村和文化底蕴。

当日下午，在镇政府二楼会议室召开了座谈会，镇政府座谈人员与各位作家和艺术家深入探讨了大许镇近些年来的沧桑巨变，对红色文化、农业发展、经济社会及风土人情等方面进行了“点对点”的交流，大许镇的“工作亮点”和“巨大变化”让作家们切身感受到乡村振兴取得的显著成效，切实感受到农民群众的幸福感、获得感，大大激发了大家的写作激情，将以新时代中国文学的视角记录新时代农村巨大变化，书写新乡村巨变的大许故事，推进中国式现代化大许新实践！

沈士峰主席在讲话中说，由于我国各地资源禀赋千差万别、中国现代化进程依然任重道远。一些乡村依然存在产业短板、人才短板、文化短板、生态短板、组织短板等五大短板，其中“人的新农村”建设比“物的新农村”建设更加任重道远，相比于物质的现代化，人的现代化其实更难。这些矛盾和薄弱环节都是我们文学创作必须直面正视的问题和难点，也是书写“新山乡巨变”的文学意义所在。乡村振兴内涵中，“乡风文明”不是为经济振兴助力的次要方面，而是乡村建设的初心、旗帜和方向。徐州历史悠久、人文厚重、民风古朴，有着广袤的乡村社会，独特的传说和民间故事，以及别具一格的方言俗语、饮食习惯、民俗艺术，这些独有的楚风汉韵、风土人情，都是徐州作家的重要写作素材，真诚希望徐州广大作家沉下心来，深刻关照乡村的时代变迁，创作出更多具有徐州风格、徐州特色、徐州气派的文学扛鼎之作。

徐州市铜山区作协主席李凌表示，通过走访大许镇强烈感受到乡村的巨大进步，作为一名作家以后一定多深入基层，把根深深扎在人民群众中，从他们的所思所盼中寻找创作的灵感，用自己手中的笔讴歌时代、讴歌人民，为乡村振兴鼓与呼。

文化是一个国家和民族之魂，对一个地方发展也是如此，日新月异的“新山乡巨变”，刻印着时代铿锵前行的足迹，也呼唤着文艺与时俱进地记录书写。面对千年未有之巨变，尤其是中华民族伟大复兴道路上实施的乡村振兴战略及正在发生的新山乡故事，大许镇已备齐全力，在文化价值、乡村精神及文化维度上下“硬功夫”，通过作家赋能，为新山乡巨变塑形铸魂，书写新时代乡村文学，描绘出新山乡巨变的风貌。

目录

浪漫大许

实力大许

七彩大许

大许，大许

王爱芹

“大许，大许”，好像在呼唤一个许姓的邻家男孩，熟稔，自然，而又亲切。作为镇的大许确实和贾汪的塔山镇、紫庄镇毗邻，鸡犬之声相闻，人来车往如织。从贾汪城区到大许也不过 40 分钟的车程。但这 40 分钟车程的大许，我几次匆匆路过，只为了在大许东探出口上连徐高速。

中国太广阔了，有那么多乡镇、村庄，穷尽一生我们也无法一一抵达，让你遗憾的是，有些地方可能离你不过咫尺。一想到这，我对能来到大许便有了幸运，有了期待，想象力漫无边际。

一个地方有一个地方的生态，这个地方可大可小，可以是国家，是省，是县，也可以是一个镇，一个村，甚至一棵树，一条小溪。它们自成一体，自有风情，建构了一方世界。

129 平方公里的大许的生态在我眼里，是安静的，稳定的。这里是黄泛冲积平原，分布着房亭河、安庆河、刘禅河、邵楼大沟等众多大小河流，农业有着得天独厚的优势，村民昼夜劳作，苦心经营，大蒜、小麦、水稻、玉米、西瓜、草莓……按着时序，颜色变幻，交替生长，满眼的璀璨。猪、牛、羊……先是在院中，然后是集中在场与厂，生生不息。那是我熟悉的乡村生活，是童年时代的身心合一，畅快淋漓。这样的地方谁又能不喜欢呢。国家生态镇的桂冠真个是名副其实。人到中老年，终究还是离不开少年况味，那种平静、柔和与安详，这已成了现在的生活刚需。

我去的时候，正值大许 6 万亩大蒜收获的季节，千年不变的辛辣味道扑面而来。村民家家户户老老少少倾巢出动，广阔的蒜地人头攒动，机器轰鸣，一排排蒜茎连着蒜头就那么骄傲地袒露在大地上。村民们刀起须落，一个个白中带红的蒜头大而饱满。今年蒜的行情好，一亩地上万元的收入，让村民忙并快乐着。因为这份快乐，毫不犹豫地答应了我们明显图个新鲜而想学起蒜的要求。为了这份信任，我小心地蹲在地上，凝神专注，一个个去茎削须，意图把每颗蒜都削得规范规整，比起在办公室的案牍劳形心浮气躁，起蒜是个能消除躁气与杂念的好活计。

大许镇域的开发有千年之久，千年日出日落，多少风过雨过，难得的是到今天还保留了很多历史的遗迹，散落在各地，任其世代传承。我的寻访随意且自在。

第一个看到的是对石狮子。明万历四十三年（1615），大塔山建庙一座，名曰增福寺，占地一万多平方米，气势恢宏，蔚为大观，香火盛极一时。清初廪膳生张景超为寺庙捐献了一对石狮子，匠人手艺精巧，这对石狮被雕琢得矫健威猛，立在庙门前，真个气势非凡，距今已400余年。可惜增福寺早已消失在漫长的历史时光里，只余这对石狮双眼圆睁注视着板桥村人的日常起居。

一个出家人故去，寺庙里便会多一座佛塔。清乾隆年间，房亭村观音堂为第三代西衢法公禅师建了一座塔，塔高3米，汉白玉石质地。几经辗转，命运跌宕，如今这座塔寂寞地立在房亭村一隅。

在西探村委会院内，矗立着一座高7米的二层青砖青瓦结构的楼房，村人称为枝子楼，相传是白氏家族所建。也曾锅碗瓢盆，也曾软语轻声。一座楼，一个人间。而今一饮一啄600余年，枝子楼爬满了沧桑，完成了自己作为居住使命的它继续立在那，断瓦残壁危梯，日日夜夜，寂然无声。我抬头观望，望见的是人生百态，他们活过，爱过，悲过，苦过，他们离开，又有新的血脉注入，一代一代，就这样传承，流传。

建于1920年的大许天主教堂，外形为古罗马风格，远渡重洋而来的12根粗而壮的花旗松立柱成了堂内的廊柱。教堂经过了数次改扩建，1948年淮海战役时，北堂又被国民党飞机炸倒四间。几经风雨，几番波折，终于等来了盛世，吸引着徐州各地的教众前来。

寺庙、观音堂、教堂、世俗住宅，就这么汇聚在一起，进行着一轮又一轮文化的融合，历史上的大许人就这样建立了他们在人间的栖居。

岁月沧桑，这和大许的旧日有诸多联系的一切，虽然残缺，也携带实在足够丰富的信息，让我们想到战争、苦难、离散、挣扎、信仰、温暖，想到普通民众对脚下这块土地深入骨髓的依附。

前代的遗留，后世的努力，乡村诗意就这样在时光中绵延，给人以抚慰和滋养，让人们更自由、更安心地在这里生活下去。

大许的生态又是成长着的，有创造性的，以电子商务和直播带货为代表的数字经济产业园，以东部物流新城为代表的现代物流服务业。立足于农业，又高于农业。大许人的脚步依然踏踏实实站立在这块土地上。

产业的发展集聚的是活力和生机。建于 1919 年的大许家火车站，让大许承东接西，现在又迎来了新的机遇，徐连高铁又在大许预留了大许南站，沟通南北的优势再次彰显。居于一隅而又向往大海，奔向世界。

小小的大许镇区就集聚了 4 万人口，南来的，北往的，本地的，外省的，还有我这个东张西望的隔壁邻居，大家在这里交易、交流、交往，各有各的位置，各有各的热闹，自有一种自信从容的康健气象。正是吃烧烤的季节，晚上到处灯火烂漫，我在人声鼎沸中吃得汗流浃背，意犹未尽。无缘居住，有缘相识，那个晚上，我在大许镇区逗留了很久。这里汇聚着大许的今天，也传递着大许的明天。

大许，大许，我们一起向未来！

大许家火车站

梁弓

乘火车，从繁华的大上海，去往首都北京，再或者踏着港湾的云，眺望西北金城，无疑是一种愉悦的体验。南北大道，东西长廊，形成一个十字路口，那便是有着“东方雅典”之称的徐州。连接着京沪、陇海两条铁路大动脉，其交通枢纽地位可见一斑。徐州名列天下九州之一，历史悠久自不用说。“明清文化看北京、两汉文化看徐州”，这里是两汉文化发源地，汉兵马俑、汉墓、汉画像石，并称徐州三绝。徐州自古为兵家必争之地，如今作为淮海经济区的中心城市，其突显地位，从来就不容小觑。

徐州向东，经大庙，过徐庄，然后你会走进一个叫作大许的地方。

那里是我的家乡。

以前回大许，常会去火车站看看。大许家火车站不大，一间整体的屋子，售票窗口外，躺着几排粗陋木椅。尽管车站早已不过客车，却依然在我的生活中占据着举足轻重的地位。

据记载，大许家火车站建于1921年，这个令人心潮澎湃的数字，时刻铭刻在每个共产党员和老百姓的心中。

尚未乘坐过火车时，我对大许家火车站已颇有印象。那还是20世纪80年代。其时的大许镇，和现在相比整体格局差不多，最醒目的，是一条南北走向的街道，街道尽头，横卧着长长的铁轨。铁轨笔直地伸向远方，向东望不到头，向西也望不到头。街市东北应该有个牲口市场，卖鸡的，卖鸭的，卖猪的，卖羊的，叫卖声乱成一片。西南部是供销社。每年夏秋之际，供销社的大院里堆满了棉花，白花花的，耀眼得很。

从供销社到铁路，直线距离并不远。可能两三百米。也可能再远一点。二者之间有一片洼地，零零星星植有一些柳树，大多数歪着脖子，下雨天里，委屈地垂着头。逢集的日子，洼地上异常热闹，卖糖果的，耍杂的，卖狗皮膏药的，杂乱得很。最关键还有说书的。《杨家将》《岳家将》百听不厌。老艺人说个小半天，眼看晌午了，听到远处火车轰隆隆的，知道该散场了。

现在想想，两三个小时，也就那么一趟车，似乎拉不了多少人。

而且有的车还是运煤的。

以后频繁跟车站打交道，已经是90年代了。

15岁那年，我从镇上考到大庙上学，离家30里，30年前交通极为不便，汽车常常挤不上，于是开始改乘火车。

乘汽车挤，乘火车自然也挤，但挤与挤不同，至少在火车上不晕车。火车班次少，来来回回那么几趟，但凑巧的是，放学上学都方便。高中不同于初中，两周才能回一趟家，不休息时，正常上到周六，周日上午自习，下午半天自由活动，洗洗衣服买买东西什么的。接下来这周，周六中午放学，第二天下午返校。大庙到大许的车，12 点左右有一班，上午课程结束后，离火车进站没有多久了。必须撒开腿跑。慢了很可能赶不上火车。学校到车站二里地，一口气跑下来累得够呛。遇到老师拖堂就麻烦了。现场购票来不及，一般都提前买好了。到站就上车。大庙是规定站点，必须停车，有时候开门，更多的时候不开门。上车的没人管你，下车的自己想办法。时间一久，大家渐渐习惯了，不开门直接爬窗户。乘客们心地善良，看到我们是学生，帮忙拉一把，不像某些人，见有人来忙不迭地把窗户关上。

相信很多 80 年代前出生的人有过类似的经历。

一旦上了火车，心里就轻松多了。

周末约着同行的，一般三四个人，他们都住在镇上，走几步路就到家了。只有我住在村里，离镇四五里。说起来不是很远，但总归要跑半个小时。想想午饭都没吃呢哪受得了。有个好朋友，父亲是粮管所领导，母亲在供销社上班，经常喊我去他家吃饭，饱餐一顿后，骑着他家的自行车回去，第二天下午返还，再乘火车回学校。

这样跑了三年，我去上海读书了。

从上海到徐州，京沪线走了一小半，虽然不经过大许家，但车站的影子，时刻映在我的脑海中，以至于在以后的创作中，车站成了挥之不去的元素。

关于车站的小说，最喜欢《迟到的火车》。作品以大许家火车站为原型，讲述了少年水福与扳道工老莫的故事。遭遇父母离婚的水福，被爸爸打聋了耳朵，常常在车站徘徊，只因为妈妈在火车上工作。单身的扳道工老莫，天天与火车打交道，却从来没坐过火车。一老一少，在夏日的黄昏，居然成了好朋友。另一篇《傻子的车站》，仍然讲述水福与老莫的故事，两人的关系发生变化，成了父子。经历生活的磨难后，傻儿子水福与苍老的老莫离开家乡，来到大许家火车站，艰难地度日。

有时候我想，为何独独钟情于火车与车站？大概是因为，现代人生活节奏太快，漂泊的灵魂赶不上匆忙的脚步，而在绿皮火车的“咣当”声中，人们不用过于紧张，可以暂时停下，感悟生活的味道。而车站，比如大许家火车站，静下心来转一转，看一看，可以拒绝外界的干扰，暂时远离这嘈杂的世界。

著名作家范小青同样有车站情结，写过不少此类作品，比如小说《火车》《长平的车站》，散文《一个人的车站》《坐火车》等。范老师说：“车站和火车，它本身的丰富繁杂性，漂泊感，不可控性，不确定性，埋着无数的文学的种子，随时随地你发现了，就是文学的开始，小说的开始，散文的开始。”

火车和车站的故事，必将在我的作品中继续延续，也希望让更多朋友知道，徐州之东的大许家火车站是个有意思的地方。

在时间深处

——大许家火车站

邵琳

明媚的天宇下，两列铁轨静静地伸向远方。

怎么能忘记！怎么会忘记！大许家火车站金戈铁马的岁月。

1948年11月，淮海战役吹响了埋葬蒋家王朝的号角。粟裕带领的华东野战军把黄百韬兵团包围在碾庄一带。蒋介石急令驻守徐州的国民党徐州剿总司令邱清泉、李弥两个兵团打通与碾庄的联系，解救黄兵团。解放军华东野战军组成了以宋时轮为司令员的阻援兵团，指挥第七纵队、第十纵队、第十一纵队，在长达20多公里的徐东平原上，以大许家为核心，展开了为期11天的阻击战。我英勇的人民解放军以顽强的意志和必胜的信心挡住蒋军飞机、坦克、机枪、大炮组成的钢铁洪流，为全歼碾庄地区的黄百韬兵团打下了至关重要的一役。

空中飞机轰鸣，燃烧弹如雨点般落下，地面上处处燃起熊熊火焰，解放军的“品”字形战壕、梅花形战壕，相互支援，战士们抱着“人在阵地在”的精神与敌人殊死战斗，阵地得而复失，失而复得，一个倒下另一个冲上去，最终赢得了最后的胜利。

这是我解放军围点打援战略思想的胜利，是阻援打援战术应用的成功实施。

这场战役中，大许家火车站作为交通枢纽，见证了那些惨烈时刻的背后的故事。一批批伤员来了，他们浑身鲜血，头缠绷带；他们眼睛瞎了，胳膊没了；他们健壮的双腿缺了一条，断了一截。然而，他们都在笑着，他们自豪地高声宣告："我们赢了，我们守住了阵地，黄百韬必将被扫进历史的垃圾堆！蒋家王朝必将覆灭！"年轻的女护士，流着眼泪为他们清洗伤口，小心翼翼地为他们包扎。大娘送来了小米粥，姑娘送来了鸡蛋，"吃一口，再吃一口"的话语温暖了战士的心："为这样的百姓作战，九死不悔！"

大许家火车站记住了这些感人的瞬间。

时间之河缓缓流淌，遥望历史的天空，追溯时间深处，那些曾经令华夏大地震颤的岁月中，又发生过多少故事。

1938年，这里曾遭日寇侵略。铁轨上运输着日寇的军资，站台上手握长枪虎视眈眈的是日寇的面孔。他们的飞机、坦克、机枪，控制着我们的领空、陆地，他们叽里呱啦的语言咒骂着我们憨厚朴实的村民。他们甚至用带刀的枪，挑开了孩子的胸膛，剖开了孕妇的腹腔。无数村庄被他们奴役。

然而，千百年来，中华民族从没有屈服过。在日寇的铁蹄下，总有人的血是热的。在中国共产党的领导下，有血性的中国人民与日寇展开了殊死的搏杀。

大许家火车站记得他们的名字。

他们是朱太刚、朱太珍、朱太仁、朱太信。从名字就可以看出，他们是一个家族成员。当日寇侵占了他们的家园，以朱太刚为首的朱庄青年毅然成立了以中国共产党为领导的抗战组织——苏皖游击分队朱庄分队。他们参加陇海铁路阻击战，朱太仁两次击毙了 3 个鬼子，而朱太珍在一次战斗中壮烈牺牲。

某日晨，早起的朱太信发现鬼子兵包围了朱庄村，不顾新婚妻子的苦苦劝阻，毅然向鬼子开枪射击，在庄内转战，直至弹尽牺牲。

漫长的革命岁月中，朱庄人民有 23 名优秀儿女为革命献身，17 人光荣负伤，他们用鲜血和生命谱写了朱庄人民光荣的革命历史。不止朱庄村，邵楼村邵幼和、邵晓平也组织发动村民同入侵者展开了斗争。姚庄村共产党人张瑞堂带领小分队至敌占区宣传抗日，传送情报，护送抗日干部过日伪封锁线。

艰苦的抗战岁月，大许家火车站成了日寇转运军队和军用物资的重要交通要道。朱太刚等人便去拆毁铁轨，抢夺物资。日寇建立的伪区、乡政权，朱太刚组织抗日武装，与伪、汉奸展开了艰苦卓绝的斗争。

胜利终究会到来。大许家火车站的站台上终于不再是那些入侵者。那些曾经不可一世的日寇，终于接受了审判，受到了应有的惩罚。

在时间深处，大许家火车站记得那个令亿万中国人欢欣鼓舞的日子。而蜷缩在车站的入侵者也在惶惶不安中举起双手被送去了该去的地方。

当一列列火车从此驶过，大地在震颤中感受着新时代的浪潮滚滚而来。这一块土地，自从 1920 年通车以来，便与时代接上了轨。历经风云变幻的 30 年，才终于迎来了它最渴望的时刻：劳动人民成了国家的主人。又是 30 年，大许家火车站在改革的变迁中是梦想启航的地方，也是温馨浪漫的地方。又是 30 年，中国的高铁带着中华民族伟大复兴的梦想欢快地奔跑在新时代广袤的大地上。短短 10 年，高铁线路已经延伸到各个省市，高架桥环绕在城市的上空。

大许家火车站如一位沧桑的老人，被留在时间深处。

不，它依然在。

铁轨旁，一块写着“大许家火车站”的牌子默然肃立。我和它并排而立，看着高速路上川流不息的大小汽车，呼啸而过的“复兴号”高铁，田野里绿黄白红组成的美丽画卷，心中涌起万千情愫。时间深处的故事一定会融入中华民族的血液中，启迪后来者自强不息，成就最伟大的中国梦。

走进多姿多彩的大许

白惠丽

提起大许，似乎有一种“不识庐山真面目，只缘身在此山中”的感觉。20 年前，就听说过大许，那时的印象是那里还比较穷；10 年前，得悉大许有了很多变化，已经解决了温饱问题；近年来，听说大许变化很大，不仅产业兴旺，老百姓的精气神更是十足……但到底是道听途说。由此想到，虽然我和大许同属一个徐州市，但是因为生活和工作上的种种原因，始终未能亲眼去看一看，哪怕是走马观花、粗枝大叶地看一眼呢？现在想想，真是有点遗憾。也是天遂人愿，就在 5 月 26 日，铜山区作协组织了一次采风活动。由此，本人有幸得以和本地的 50 多名作家老师一起走进了铜山东南的大许镇。

是日，阳光明媚，风和日丽，大家一起从市区乘坐大巴车，去寻古探幽，充分了解大许那深厚的历史文化底蕴和独特的风土人情。

大许镇位于徐州东 30 公里处，是规划中的徐州市陇海新城所在地，江苏省人民政府政策倾斜、重点扶持乡镇，位于东陇海加工业产业带的中心位置，同时也是徐州市重点发展综合商贸型中心镇之一。

时值初夏时节，我们在美丽的大许乡间小路上游赏，春光还未离去，夏日的气息已经浮现，处处景色宜人。我抬头以37度视角望向天空，白云像是照片一样，一动不动地定格在蓝天上边，鸟儿愉快地在车窗外的大柳树上悠闲自得的鸣唱。路旁各色的野花都开了，红橙黄绿青蓝紫，五彩缤纷的像绣在一块块绿色地毯上的灿烂斑点；成群的小蜜蜂在花丛中忙碌着，吸着花蕊，辛勤地飞来飞去。尤其是一棵棵石榴树，绿叶衬着一片嫣红，当我从车窗望去时，像一片片熊熊燃烧的烈火，又像黄昏时出现的艳艳的晚霞。

在当地相关人员的带领下，我的脚步踏进了村庄。

五月的麦田早已变得金黄一片，让我感受到极大的震撼和惊喜。粗壮的秸秆上挑着蓬乍乍的穗头，熟得那么欢畅，深沉，像串串金色的汗珠，像无边的海。闭上眼睛，依然有金色的麦浪大海般起伏，在阳光的照耀下，金闪闪，黄灿灿，越发光耀夺目。

来到万亩蒜田基地，一行行碧绿的蒜叶在阳光的照射下黄绿相间，色彩斑斓，蒜农们在田间辛勤劳作着，看到他们如此辛苦，我非常感动，不由自主地想起了唐代诗人李绅的一首诗："锄禾日当午，汗滴禾下土。谁知盘中餐，粒粒皆辛苦。"便想，今后一定要更加珍惜这来之不易的食物。

午餐后，又先后走访参观了大许镇高中校史馆、徐东阻击战前线指挥部旧址、朱庄烈士陵园、江苏农爱田生物科技有限公司、徐州东部新城数字经济产业园等，对大许镇的经济社会文化发展有了直观的了解。特别是该镇的红色文化、现代农业发展、数字经济、小城镇建设、党建+股田制等都给我们留下了深刻印象。

大许镇曾经是一个军事重镇，是徐州抵御外敌侵略的前沿阵地。在抗日战争期间，大许镇也是中国抗日武装的一处革命根据地。在这里，我们看到了许多与军事有关的人文遗迹，如抗日战争时期的红色历史文化长廊、抗日碉堡等。大许镇是铜山新区的东大门，淮海战役的第一战徐东阻击战就发生在这里，当年的阻击战指挥部就在大许中学的东面。我们听大许镇办公室主任介绍说当年他们村的村民和解放军战士团结一心，共同抗敌，仅以6万的军力就击败了国民党的16万王牌部队。

大许镇的文化底蕴非常丰厚，这里保存了许多古代建筑和文化遗址，是一个具有浓郁历史文化气息的地方，仅古建筑就有张家祠堂、枝子楼等。

“画栋朝南乱紫云，雅名枝子寓人伦；乔直梓俯承天道，盖见芝兰满院春。”这是徐州文史专家张世龙赞美大许镇西探村枝子楼的佳句。徐州文史大家于克南考证，该楼始建于清朝初年，至今已有300多年，属于当地张姓族人的宗祠。一旦走进太阳杏果满枝头的枝子楼，一些颇为应景的诗句便浮在眼前：一晃多少年，匆匆又夏天。岁月如梭，蓦然回首，春去夏犹清。天意怜幽草，人间重晚晴。

走进百年古建筑张家祠堂，不仅可以欣赏这座古老的建筑，还可以听取讲解员讲述其悠久的历史。而在抗日战争历史文化长廊、徐州东阻击战遗址，面对丰富的历史文物和珍贵的历史资料，令人浮想联翩，一想到如今的美好生活正是因了那些英雄的献身所得，便感到自己绝无懈怠的理由，更让我由衷地向烈士们致敬。

大许镇的美食也非常值得一尝。

这里的特色美食丰富多样，深受游客们的喜爱。最具代表性的当数大许镇的玉脂豆腐了，雪白如玉，软糯香甜，入口即化，口味丝滑细腻绵软，受到了很多人们的喜爱。大许的七彩农业誉满天下，七彩农业就是大蒜白、菊花黄、玉米黑、草莓红、葡萄紫、西瓜绿和毛豆青。

作为一个农业大镇，大许立足于传统农业，发展高效农业、观光农业，做强做大了大蒜产业，拉长了大蒜产业链。大许镇还拥有着铜山东部最大的草莓种植基地。各种农业生产合作社蓬勃发展，欣欣向荣，蒸蒸日上。

总之，大许镇的确是一个值得不断走进来探索其独特的魅力的去处。在这个美丽而又多情的夏天，因为走进了多彩多姿的大许，总令人感触到生命最蓬勃、最茂盛的时光即将到来。

数点蛙声风约住，
朦胧淡淡月季香。
慢品大许烟火色，
不觉日暮无还期。

名为“大”的小镇

丁叶

以“大”为名，城市有不少，有大连，有大庆，有大同，还有大理。同样以“大”为名，县级就更多了，大通，大新，大悟，大宁，大丰，大余，等等，不一而足。至于镇级，更加不胜枚举，只在彭城一带，就有许多，西边有大彭，东边有大庙，东北有大吴，再往东，还有大许。

大许，位于徐州东部，它很年轻，正犹如东方初升的太阳。不像徐州西边的大彭镇历史那么悠久，自彭祖建立大彭国起，大彭这个名字，已流传数千年。大许，从设乡起算，不过数十年。

这个年轻小镇，源自一个村庄——大许家。数百年前，许姓的人，在这里生活，久而久之便诞生了“大许家”的地名。在中华民族的历史上，许姓，可追溯到远古时期的“许由洗耳”。相传，尧在位的时候，有一位贤者名叫许由，隐于沛泽，尧闻其贤，欲以天下让之，不受而逃于颍水之阳箕山之下，尧又欲召为九州长，不愿闻，遂洗耳于颍水之滨，死后葬箕山。

许由当年隐居于徐州北边的沛县之泽，而今天的大许位于徐州东边一带，一北，一东，多少有些渊源。

我去过大许，且不止一次。记住了它的山，它的水，和它的路，见识了小镇的“大”，也体会了大许的“小”。

山。

大许的山很少，且很小。有名的小山，是位于青山村的青龙山。

青龙山，山体绝大部分为红质火石，唯有山的东南坡有一条石垅为青色石质，形似一条长龙，青龙山因此得名。

有个传说，明朝皇帝朱元璋从最底层起家得天下，为防止天下得而复失，他交代功臣刘伯温干了一件大事——断龙脉。当年秦始皇就曾经亲自巡游挖断龙脉，以此压镇“东南有天子气”的传言。

何为龙脉，在那时看来，如果一座山远远看去像一条龙，这山便有龙脉之象，真龙天子很可能就会在此出现。刘伯温领了圣旨，立刻踏上行程，从昆仑山一路巡游天下名山大川，凡遇有龙脉之山，立刻命人开山挖掘，埋金断气。找龙脉，刘伯温当然要到徐州来，毕竟这里是有名的“千古龙飞地，一代帝王乡”，这附近出了那么多的开国皇帝，龙脉肯定很足。刘伯温率众到达徐州东边时，在古房亭河东岸看到一座山，山上青石垅形似一条大龙。刘伯温命3000兵丁来到山的南麓，下令挖断青龙头，不让青龙向前延伸。村里人传说，挖的那口汪塘成了红色血水塘，至今水塘依然为红色。斩断龙根后，刘伯温又命人在山上建了一座庙，以此彻底镇住龙脉。

不知传说的真伪。但正因这座山的与众不同，人们给它添了一句传言——青龙山，石两样，不出天子出宰相。

大许的山虽少，却还有一座有名气的山，团埠山。

团埠山，与水有着渊源。

水。

相对于周边而言，大许的水系略显贫瘠，却依然有两条河流在它的南北两端，擦肩而过。

北边的，是京杭大运河。

紧邻大运河，有一个小村庄——团埠村。村子依山而建，而这座小山，就是团埠山。团埠山不高，由于长期开采山石，它被削平了山头，已失去历史的风采，没了原有风貌。只有依偎在它旁边的村子，在恋恋不舍地回忆着它的模样。

在古代，流经团埠山的水是古泗水。古泗水流到团埠山后，迂回转折，水势渐缓，人们靠山建立了圆形码头，圆为“团”，“埠”为码头，团埠村因此得名。传说，当年孔子从鲁国来观吕梁洪，发出“逝者如斯夫，不舍昼夜”的感慨，就是从团埠码头渡过泗水的。历史上，团埠村是有庙的，且不止一座。那时，团埠村深受洪水袭扰之害，由于古人认知的局限，认为是黄龙作怪，遂建庙宇以镇邪恶，一下子建了三座大庙，大庙压头，二庙压身，三庙压尾，想彻底控制黄龙。后来黄河夺泗入淮，洪水和泥沙埋葬了原有的庙宇楼阁。新中国成立后，开挖京杭大运河。从此，团埠的山和村，成了大运河的邻居。

团埠是大运河的邻居。而就在大许镇，有一条河，是大运河的孩子——房亭河。生于大运河，还于大运河。

房亭河位于大许镇南边，它是一条小河，起于京杭运河不牢河段与荆山引河交汇处，向东南方向汇入京杭运河中运河段，徐州府志记载，“房亭河在铜山县东。泄河北诸山泉积涝，分二支：一通吴家窑荆山河口，一由王家林东西滩，过贺家口入邳县境，归猫儿窝济漕”。

对于房亭河，人们已极少知晓。就连产于房亭河畔的房亭酒，也渐渐在人们的记忆中消失。因为在这里，水运早已被替代。

路。

替代水运的，是路。路，是铁路和公路。

大许的铁路，有一老一少。老的那条，已是期颐老人。100多年前，陇海铁路建成通车，线路经由大许，由此，诞生了大许家火车站。

大许的铁路，从建成之日起，就成了四战之地，成了大许的英雄儿女们反抗军阀抵抗侵略的前沿阵地。中国共产党成立初期，大许家火车站工人参加了由徐州铜山站“八号门事件”引发的陇海铁路工人罢工。徐州沦陷时，共产党领导的游击队破坏日寇占领的大许境内陇海铁路线，开展对日游击战。淮海战役时，大许铁路沿线一带成为阻止黄百韬兵团西撤的重要战场。新中国成立后，这里不再动荡，变得安定祥和，成了经济发展的动脉。

年少的那条铁路，还只是孩提，从建成到现在，不过两年，它的名字叫连徐高铁。连徐高铁在大许境内建了一座站——大许南站。

在一个小镇建立一座高铁站，大许成了新星，且越发成为交通重镇。

作为交通重镇，除铁路外，自然少不了公路。大许的公路，丝毫不逊色于它的铁路，有高速，有国道，还有省道。高速和国道东西横贯，省道南北联通，自此，有了大许的速度。

我不止一次去过大许，还将再去不止一次，去见识小镇的“小”，也去体会大许的“大”。

难忘那锅面须汤

杜长明

小琴的婚期定在 1986 年的 2 月 4 号，农历是一九八五年的腊月二十六，是个立春日。小琴的对象姓李，在矿上工作，休息的时候我们经常一起爬爬山，看看电影，非常熟悉了。我和小琴、小芳是同一天到医院报到的，又被分在同一个科室，小琴结婚，理所当然地邀请我和小芳去参加她的婚礼。小李家在贾汪的紫庄，小琴从她老家新沂出嫁到紫庄，我和小芳要从徐州坐车赶到紫庄去。那天一早，我和小芳坐班车到董庄矿，董庄到紫庄距离不远，步行一会儿就到了小李家。

小李一家人把我和小芳当作上宾，吃席也安排在堂屋的主桌上，让菜、敬酒、寒暄，热热闹闹。冬季天短，不当心到了 5 点，夜影上来了，我们方想起要回徐州的事。小李说，董庄回徐州最晚的班车已经开走了，住一晚，明天再回吧。小琴也再三再四地挽留。我和小芳不想给他们添麻烦，又想到明天要上班，坚决要回。我说，给我们找两辆自行车吧，我们骑车回去。小琴说，你真想得起来，这么远，天寒地冻，黑灯瞎火，我们能放心？再说，你行，小芳这小身子骨，能骑到徐州！正在大家搓手转圈子的时候，呜——听得远处传来一声鸣叫，我兴奋地叫道，火车！这是哪里的火车？他们说，大许家。经询问，到徐州有一趟8点左右的火车经过大许家。看留不住我们，就只好选择送我们到大许家坐火车回徐州。事不宜迟，小李就在邻居中挑了两个精壮的小伙子，骑上两辆崭新的自行车，一辆“永久”，一辆“凤凰”，送我和小芳去大许家火车站。小李和小琴一再嘱咐两个小伙子，路上注意安全，到车站给买好票再回，赶不上车就一起回来……还给我和小芳每人披上一件军大衣挡风寒。

紫庄到大许家30多里地，天黑，路也不好走，有的地方疙疙瘩瘩、坑坑洼洼，两个小伙子打着手电筒边照路边骑车，累得气喘吁吁，满头大汗。我们让他们歇歇再走，他们不肯，怕误了火车。紧赶慢赶骑了一个多小时，终于到了大许家火车站。一问，有趟8点多的火车到徐州，我们才放下心来。两个小伙子忙着给买好了车票，说等等把我们送上车再回去。我说，车票都买好了，还有啥不放心的。再三劝说，两个小伙子才同意回去。我们让他们把两件军大衣穿回去，他们又不肯，说车站里冷，让我们穿着。我们说，再等个把小时车就来了，车站里能避风，你们出了一身汗，回去又是顶风，凉了汗会生病的。硬是把大衣夹在了自行车的后座上。

送走了两个小伙子，我和小芳就在火车站溜达。大许家火车站坐北朝南，南面是高高的路基，跨上十几级台阶方能上去。候车室是三间挑高的平房，淡黄色的油漆有些许的剥落，售票窗口就在候车室里，靠墙有两个供乘客休息的木制连椅。等车的乘客不多，约莫有十来个，小芳靠在连椅上打盹，我则不时地到室外瞭望、倾听，盼望火车到来，结果总是令人失望。好不容易熬到了8点，果然过来了一列火车，我们和其他乘客激动地跑出了候车室，但火车没有停，原来是趟货车。8点半了，火车还是没有来。有经常坐车的乘客说，这趟车晚点是常事。我去售票窗口问售票员，火车会晚点到什么时候？售票员回答不好说。她还挺负责，打电话问了一下后告诉我，今天可能会晚两个小时左右。小芳听说还要再等两个小时，唉声叹气，舔舔嘴唇，说，我渴。我再去问售票员，这里有没有卖橘子水的。售票员说，只有后面的路口有个小卖部，可能打烊了。候车室有个后门，我出了后门走几步往西拐，不远到了一个路口，果真有个小卖部，门面用木板扣上，打烊了，我敲了几下没人应。候车室没有取暖设备，气温在持续下降，小芳冻得瑟瑟发抖，她说，我冷。我的双脚也冻得发麻，我把小芳从连椅上拉起来跺脚取暖，可也无济于事。我们后悔没有把两件军大衣留下来……这两个小时咋熬过去啊！

我突然想起，刚才去小卖部的时候，看到东北方向不远处有灯光，也就几十米远的样子，那里是不是有住家呢？我对小芳说，那边好像有人家，我们去找水喝吧，有两个小时的时间，来得及。小芳二话不说，就跟着我往后门走。

顺着小卖部前的一条小路往北走，过了一道小河，寻着灯光，再沿着河边的小路往东走。小北风飕飕地吹来，河边的芦苇唦唦地摇晃着。夜间的灯光，看起来很近，走起来还是够远的。有灯光在，就有希望在。穿过一片小树林，终于到了一座村落前。村口的路两侧有两座高大的麦秸垛，好似在守卫着村庄。整个村子静悄悄的，农人们大多都进入梦乡了。只有村头的一家小院，从窗口透出亮光，看来，这家还有人没睡，我们看到的灯光就是从这家透出来的。我动了一下门环，院门没有闩，是虚掩着的，我正犹豫着要不要推门，院里传来狗叫声。不一会，房门响了一下，有人从屋里出来了，吱呀一声，把院门打开，是位端着油灯的大娘。一条黑狗伸着头汪汪地对着我们叫，吓得小芳躲在我的身后。大娘呵斥了一声黑狗，黑狗就乖乖地坐在一旁不言声了。

“你们是……”大娘疑惑地打量着我们。我说：“大娘，俺是在紫庄喝喜酒到这里等火车的，车晚点了，想到您家找点水喝。”大娘“噢”了一声，说：“来吧，来吧。”就引着我们往院子里走。黑狗也摇着尾巴尾随在后边。

一间简易的东屋是灶房，土坯垒的墙，没有安门。大娘抱柴生火，说：“到这晚了，一定还没有吃饭吧，我给你们做饭。”我说：“不用了大娘，我们中午喝的喜酒，一顿大席饱三天，就是老半天没喝水了，烧点水喝就行。”小芳蹲在灶前，说：“我来烧火暖和。”水很快烧开了，大娘搅了半碗面，往锅里撒：“给你们做碗面须汤。”我说：“大娘，这半夜三更的，太麻烦您了。”大娘说：“没啥麻烦的，你看这姑娘冻的，怪可怜的，出门你咋不给她多穿点衣裳……”小芳抿嘴笑。我看大娘有点误会，就连忙说：“大娘，我们两个是同事。”大娘也笑了。

面须汤做好了，大娘给我们各盛上一碗，又盛上两碗晾着，端出馍筐，里面是几个锅饼，还有一摞煎饼，大娘又切了一碟咸菜，说："大席不饱人，甭嫌孬，吃饱就不冷了。"大娘做的面须汤，面须薄的如柳叶，圆的似珍珠，喝到嘴里甜甜的、糯糯的、滑滑的、润润的。干渴了大半天，好像久旱逢甘雨，一口一口喝下去，既解渴，又压饿，甚是适润。我们边喝面须汤边和大娘唠嗑，我问大娘："这么晚了，您咋还没睡呀？"大娘说："这不是快过年了吗，俺儿子跟人去连云港干建筑，我算着该回家了，这几天我天天做点针线活等他，他回到家，好有口热饭吃。"我和小芳听了，都有点眼湿。灯影里的大娘，真像是我们的母亲。小芳说："您儿子说不定就坐晚上的这趟车回来呢。"大娘喃喃地说："也许吧。"

不知不觉，大娘做的一锅面须汤快被我们喝完了，小芳喝了三碗，我喝了四碗半。立时，我们浑身暖和起来，有了精神。小芳忙着要帮大娘洗碗，被大娘拦住了。半夜打扰大娘，我过意不去，掏出 5 元钱感谢大娘，大娘生气了："憨孩子，这是做啥？快装起来。"

我问大娘这庄叫啥名，大娘说叫大许村。告别大娘，大娘把我们送到院门口。我们走出了好远，回头望去，已看不清楚大娘和那只黑狗的影子，只看到那盏油灯还在一闪，一闪……

10 点多钟，东边射来火车头耀眼的灯光，传来嘹亮的汽笛，这趟晚点的绿皮车终于驶来了。在站台上，我和小芳没有急于上车，打量着匆匆下车的乘客，我们试图想知道，这里面会不会有大娘的儿子呢？

今年的 5 月底，我随徐州作家采风团到大许镇采风，镇宣传委员吴倩一路讲解，在大巴车上，她指着东边的一片红屋顶的房子说，瞧，那是大许家火车站，现在没有客运了，只是还在用作货运，南边是新建的高铁大许南站……大许家火车站？我心里一热，忙站起身观望。火车站周围已被城镇建设覆盖，看不到那条曾经的小河，北边的大许村也被居民小区所替代。我的思绪被拉回到38年前，记起大许家火车站那个寒冷的夜晚，大许村的那位热心的大娘，大娘给我们做的那锅热腾腾的面须汤……大娘如果健在的话，应该是位百岁老人了吧！

与大许镇的美丽邂逅

王夫敏

“梨花淡白柳深青，柳絮飞时花满城”，苏轼笔下的梨花自带别样的境界，透着苏轼的清醒智慧，梨花纯白，柳叶青青，柳絮漫天狂舞时，梨花寂静独立，花开满城。一青一白颜色对比，春天鲜活的画面感呈现在眼前，如果这样的景色，这样的春愁，弥荡在一座小镇，我想无论你是多愁善感的文人，还是心中满是诗意的骚客，在梨花如雪，抑或是春雨飘洒的小村落，都会流连忘返，诗意缠绵，你会瞬间爱上这个季节，爱上这座小镇，不错，这个小镇就是徐州铜山区的大许镇。

人生有不少美丽的邂逅，有遗憾，也有不少动人的故事；我与大许镇的初次邂逅，就是源于一场关于梨花的春天故事。大许镇是铜山区的东大门，与邳州相邻，而我的老家是邳州，由于 311 国道从大许镇中心穿镇而过，所以，每次回老家，大许镇是我的必经之路。

来到故乡徐州定居，不觉已经 6 个年头，从云龙山的春秋山色，到云龙湖的八景湖光，从户部山的历史寻究，到龟山梅园的千姿傲梅……我不曾放弃过故乡的任何一处风景，当然，在我回家的公路两边，每当春天刚刚萌动的时节，大片的梨园，梨花绽放如雪，有时梨花带雨，乡愁缠绵。面对这样的美景，难免要停下车，欣赏一番。漫步在梨园中，思绪万千，“悬知寒食朝陵使，驿路梨花处处开”，心中有人生旅途上的感慨，“梨花院落溶溶月，柳絮池塘淡淡风”，也有对故乡美丽景色的自豪与欣喜；春华秋实，秋天的时候，走过这里，我同样会驻足，买上几斤有名的大许皇冠梨，就这样，源于一场美丽的风花雪月的故事，我走进了大许，认识了大许。

真正走进大许，了解大许美丽的故事，还是源于不久前，徐州文联和徐州作协组织的一场“新山乡巨变——走进美丽乡村大许”的采风之旅。再一次地走进大许，让我真正了解了大许镇的前世今生，与华丽蜕变，通过一天的观光，采访和乡镇领导的介绍，一个新的山乡巨变的画面，在我的脑海中出现。

采风前的会议上，据镇党委书记的介绍了解，大许镇交通便利，省道国道，高速高铁等道路纵横交错，便利的交通，为大许的发展提供了先决条件。

大许镇是一片红色的热土，著名徐东阻击战在这里打响。同时，大许镇也是一个农业大镇，这些年来，更是注重农业产业的发展。一村一品发展特色独具，2 万亩的高标准稻麦丰产方成为农民的粮袋子，6 万亩的优质大蒜装满群众的钱袋子。大许镇不断加大土地流转的力度，大力培树新型农业经营主体，在传统产业基础上大力发展园区型的设施农业和生态观光农业，以农业科技创新为动力，进一步扩大高效农业面积，提高畜牧业规模养殖比重。

252省道和311国道两侧的休闲观光高效农业带，成了徐州市民周末休闲观光采摘的好去处：高速出口的杰伟葡萄采摘园、2000亩大唐山草莓采摘园等，这些项目充分展示现代农业、精品农业广阔的前景。

发展农村电商赋能乡村振兴，大许镇顺应时代潮流、明晰群众需求、紧抓发展机遇，以产业结构调整为重要举措，以推动乡村振兴为主要抓手，以达到富民增收为最终目的。充分发挥全镇产业优势、物流优势、人力优势、服务优势，打造集企业总部办公、电商直播、电商培训、创新孵化、智慧物流、配套服务为一体的生产、生活、生态融合性智慧科技数字经济产业园区。目前，大许镇已经成为徐州东部新城数字经济产业园的领军园区。

采风团参观完电商园，在返回镇政府的路上，天空飘起了小雨，由于大许镇的农村产业结构调整，农民6万亩大蒜早已收获在家，大蒜地里早种的玉米，正在等待一场这样的及时雨。

看到大许镇新的山乡巨变，我想起了著名作家周立波的小说《山乡巨变》，探寻二者的异曲同工之妙。《山乡巨变》描绘农民们思想观念的转变和农村社会的变革，反映了中国20世纪50年代的社会进程。而大许镇的“新山乡巨变”，则是今日中国美丽乡村建设的典范，从大许镇领导班子的言行中，我们看到，未来的大许镇，“生产发展、生活富裕、乡风文明、村容整洁、管理民主”，一幅新的山乡美图，不久将展现在人们面前。

大许，去看一位朋友

段世才

大许的文友杨权业打电话邀我去玩，多年不见，我便去了，可是去了又有点后悔。

见到他的时候他正在地里收蒜，红润饱满的脸上满是汗水，米色上衣几乎湿透。一个退了休的民间艺术家，70多岁了身体又不方便，怎么能吃得消?

“你怎么还种地?”我心疼地责备道。话一出口就觉得唐突，我从小生长在农村，是从不敢蔑视土地、蔑视农民的。

他倒是没有一丝一毫的难为情，用手擦了把汗，一双温和、亲切的眼睛望了望我，笑盈盈地说：“今年蒜的行情大涨，一亩能挣万把块呢！”

俗话说：“三夏大忙，秀女下床。”我看到成片成片的蒜地里，路边，地头，男女老少齐上阵，有的剜蒜、剪蒜叶蒜尾，有的往家中运蒜，到处一派忙碌的景象。我自知来得不是时候，就打消了先去他家里拜访的念头，住进了镇中心的康泉旅社。

认识杨权业是在35年前的铜山县民间文学工作表彰会上，

那时候他是大许文化站的图书管理员。为抢救地方民间文化，造福子孙，他自己出钱出力，搜集整理了民间故事、民间歌谣、民间谚语及长篇评书 40 多万字，并且自刻钢板，油印出了一本民间文学乡卷来，这在 20 世纪 80 年代可算是一件很了不起的事情。更让我敬重的是他自幼身患小儿麻痹症，上小学时竟然爬着上下学。苍天不负有心人，凭着对知识的渴望，凭着他勇敢、顽强的进取心和超乎常人的毅力，从爬到拄拐再到扔掉拐杖，双膝伤疤摞伤疤，克服重重困难，他顺利地完成了高中学业，进入文化站工作，成为十里八乡的励志楷模。身残志坚的人总是带给人更多的感动，我们成了朋友。

是朋友却也很少见面，能数得清的仅仅是几次文代会和笔会上。每一次他都格外热情，询问我的生活和创作近况，嘘寒问暖，关怀备至，妥妥一位朴实、敦厚、可亲的老大哥！我也为他的勤奋创作而欣喜，他先后参与编写了《中国民间故事全书・铜山卷》《铜山县非物质文化遗产》《徐州老话》，加入了中国民间文艺家协会。2012 年退休，叶落归根回到老家铜山县大许镇九山村，工资科员待遇。令我想不到的是他居然忙起了种地。

从知道我来他就开始给我准备土特产，其中最显眼的是满满一袋大蒜。我们就聊起了蒜，聊起了种蒜人的冒险和甘苦。

大蒜是大许镇农业增效的主导产业，是农民致富的新途径。以他们村为例，可耕土地3150亩，13年前种蒜面积就已达1600亩。虽然说种蒜比种植小麦等农作物要烦琐很多，而且要冒着与天气和市场行情博弈的风险，但农民确实尝到了甜头，收入明显提高，物质生活不断改善。特别是今年，鲜蒜每斤3元左右，净蒜最高每斤7元，按照干蒜亩产2500斤计算，那些承包几十亩大田的农户要发蒜财喽！

我也恭喜他发财，他笑笑说："我发什么财？就种了两三亩地，是家属和孩子们的责任田。"他垂下眼睛，沉默了一会，小声说："其实，种蒜可不是什么好活，最辛苦的是栽蒜和收蒜。栽蒜时要一瓣一瓣地像鸡啄食似的栽下去。人是躬着腰、蹲着、坐着甚至是跪着几种姿势轮流着用，一天下来，腰酸腿疼。夜里睡觉也不歇乏，第二天还要接着干。蒜农种蒜的经验是：重阳不在家，芒种不在地，既要抢种，又要抢收。收蒜时正赶上五六月的大热天，火炉似的，一棵一棵地挖，生怕伤着蒜头，只要伤着一丁点，就是残次蒜，不值钱了。我仔细算了算，如果纯手工干的话，除了施肥、耕地、压地、划趟、覆膜、除草、喷药、浇水等工序外，蒜的一生，种蒜人要摸过至少十五次手。"不说不知道，一听吓一跳，真是"谁知盘中餐，粒粒皆辛苦"。

我问："你们的现代化机械呢？"

"怕机械伤蒜。大蒜很娇贵，怕碰怕伤。再说，像我们这样几亩的小块地有的可以用机械，有的用起来反倒不方便，所以大多数工序都是采用原始的、传统的人工方式，这样既省钱收益又高。现在挣钱难，能省点就省点，能多挣点就多挣点，尽量给儿孙们减轻点经济负担，你说是不是？"

他说得头头是道，我听得津津有味，心里却在想：作为一个农耕的国度，农民历来就是最苦的群体之一，时代发展到今天，农民的性质和生活得到了根本性的改变，但农村发展中依然存在着一些矛盾和问题，如何能科学、有效地解决好这些矛盾和问题，让农民充分享受到改革开放的巨大成果，让他们的生活更加美好起来，这是一个大课题。

权业兄干文化工作几十年，对大许镇的文化及景点了如指掌。他就带着我去了附近的天主教堂、大许家火车站、禅河公园、百年古槐树下……每到一处，他都要和我合影留念，给我们照相的都是他的熟人。一路上每个景点都有人跟他打招呼，每个人都那么友好、和善和热情。我说你是大许的名人啊！他连忙摆手说不敢当。最让我感动的是每次照相他都要拉着我的手，紧紧地握着，握着不放，生怕丢了似的，暖暖的手一直温暖到我的心坎里。

有友如斯，夫复何求！

“遗憾的是……”我有些怅然失落，说，“你现在被生活磨平了棱角，不像个文化人了！”

他抬起眼睛怔怔地盯着我，唇动了动，又止住了。

辞行前去了趟他家，车停在他的老屋旁，西边一路之隔是他新盖的房子，很漂亮，门前几棵向日葵正艳艳地开着，几只蜜蜂和蝴蝶争相穿梭飞舞。堂屋很大，宽敞明亮，干净整洁，可见女主人的勤快能干。中堂是一幅红梅报春图，两边对联写道：品若梅花香在骨，人如秋水玉为神。四周墙壁上则挂满了字画和奖牌。中午他设宴招待，又约了文友魏德君同志来陪我，知道我爱好文学，电话里再三地嘱咐他别忘了带几本刊物来。果然，一刻钟工夫，一摞《东方诗苑》杂志就真真实实地摆在了我的面前，定睛观看：主编杨权业。这倒让我大吃了一惊：在这个物欲横流、人心浮躁的大环境下，一个小小的、普普通通的农村乡镇竟然还能有文学期刊？尽管是内刊，却是印刷精美、有板有眼，这在整个铜山区乃至徐州市农村，也是为数不多吧？！

魏德君介绍说，权业退休后可是一直没闲着，几年来，他不辞劳苦，四处奔走，宣传动员，挖掘人才，筹集资金，在镇政府的扶持下，先后成立了镇老年书画协会、东方诗书画社、文艺演出队等民间团体，很多有一技之长的农民都积极参加活动。他还甘为他人作嫁衣，帮助文化爱好者立传出书，相继协助作者出版了《蛐蛐诗集》《岁月留痕》《恪真文存》《徐一夫诗书选集》等，还有几部书稿正在编审中，付出了很多心血！单说这本《东方诗苑》，2017 年创刊，每年 1—2 期，组稿、拍照、打字、排版、联系印刷，坚持至今着实不易，有时资金紧张他们就自掏腰包。

我迫不及待地翻看起来，封面上都是大许镇人文景观，或山清水秀，或古色古香，像一张张精美的宣传名片。彩页多为政府工作剪影、书法和绘画作品，有古今诗词、名言警句，有牡丹、菊花、葡萄、丝瓜，有鸭戏苇塘、鱼虾浅游、江山万里、风土人情，每一幅书画都表现出人们对美好生活的赞美和向往。正页栏目设置有乡土心声、览胜放歌、格律诗词、散文时空、感事抒怀、学生园地等，还专门设置了全民抗疫、庆祝新中国成立 70 周年、庆祝中国共产党成立 100 周年、喜迎二十大专栏。作者队伍来自周边的各个村庄、各个社区、各个阶层，有退休教师、公务员，有做生意的小老板、小商贩，也有平民百姓、在校学生，其中有的已经发展成为省市和国家级书法家协会、诗词协会会员。我看到每一期都有他的诗书画作品，忍不住夸他是全才！他说自己从小就跟随父亲学习芦苇编织和扎纸，刻苦自学笛子、箫、二胡、口琴等乐器演奏，1986 年还参加了中国书画函授大学学习书法。席间，我鼓动他能否现场助兴一曲，他就来个笛子独奏《扬鞭催马运粮忙》，旋律流畅，婉转动听。我忙给他敬酒，他一饮而尽。

我读到了杂志里的几篇优美诗文，如《寻秋》《春游莲花山》《禅河公园速写》《串亲戚》《桃花依旧》《蒜薹清香四月天》《家乡的酒令》……字字句句，激情洋溢，感情真挚，缕缕情愫从心中捧出来，温暖，明亮，鲜活。我说："艺术离不开生活，生活也离不开艺术。"

他若有所思，感叹道："琴棋书画、曲艺诗文、节日民俗、中医武术、刺绣剪纸等优秀传统文化是我们中华民族的宝贵财富，是我们的根和魂，源远流长，博大精深，需要我们一代一代的人去走近、了解，去学习、实践，去传承、利用和发展，这是时代赋予我们的使命和义务，我们每个人都责无旁贷！"

是的，大许镇有一群人在用心做这件事。他们不是艺林翘楚，不少是面朝黄土背朝天的农人；他们不分年龄大小，没有地位之别；他们在辛苦工作或繁重的体力劳动之余，采访创作，挥毫泼墨，聚焦时代，讴歌人民，不分昼夜，乐此不疲；他们以弘扬优秀传统文化为己任，携手并肩，信心满满，立志要将艺术文明传播到各村，把高雅之风送到社区。没有报酬，没有鲜花和掌声，也无怨无悔，矢志不移，因为他们心中有爱，那就是爱党、爱国、爱生活。

这是一种态度，一种信念；这是一种情怀，一种高层次的精神追求。这是新时代大许人的崭新变化！

能以温情与敬意守护并传承着我们的文化经典，绝对值得我敬佩！因为我坚信：无论如何，一个崇尚文化的民族都是大有活力、充满希望的！

权业兄初心不改，本色不褪，默默耕耘，无私奉献，卑微而骄傲地活着，那么自然，那么纯净！我为我先前的浅薄和冒犯感到羞愧。

回家数日，仍一直心神不安。一日，写了一副对联给他：

相见亦无事，

别后忽忆君。

味蕾深处，即是蒜香

靳敏

我是去朱庄烈士陵园、沙庄烈士陵园缅怀革命先烈的，是去大许高中校史馆和徐东阻击战茅草屋参观红色文化的，是去大许镇板桥村拜访增福禅寺遗址的，是去感受大许的人文历史、风土人情的……来到大许，我却被大蒜白、草莓红、菊花黄、玉米黑、葡萄紫、毛豆青、西瓜绿深深吸引，“五彩斑斓”这个词，面对大许的七彩农业，有了局限，七彩里单挑出每一个色彩，都可以书写成篇。

我先写一写排在第一的大蒜白。大蒜白，是说大蒜的颜色，干净纯洁。那白是不染任何杂质的白，是一种看似有限却是无限的白，是“蒜”出富民路，带动大许经济发展的白……

我原本最不待见的就是大蒜。我不待见大蒜，是因为大蒜无所顾忌的“香”气——散发出的蒜味，但也正因为大蒜独特的味道，才使很多人情不自禁地成为“蒜粉”。

在蔬菜里，蒜算是最有个性的，没有之一。

我的家乡沛县吃狗肉必佐大蒜，吃饺子同样佐以大蒜，但两种大蒜吃法截然不同。吃狗肉是狗肉和蒜瓣同食，吃饺子则是把蒜瓣和白水煮蛋放入蒜臼里同摅成泥，吃一口饺子蘸一口蒜泥。我嫁到离沛县只有百十里路的贾汪，发现这里吃饺子也蘸蒜泥，但蒜泥里调和的是酱油醋和香油。

我虽然是因为蒜味太冲而不食之，可我家厨房 365 天没有断顿的就是大蒜。“天有三宝日月星，地有三宝水火风，人有三宝精气神，菜有三宝蒜姜葱”。在我们家，对大蒜态度冰火两重天，我虽然近几年对特殊香气的蔬菜有了改观，但对大蒜散发的气味还是要屏息。我家大叔深好这口，他说，“鸡猪鱼蒜，逢着则喫”，早饭板面就蒜，中午米饭牛肉就蒜，喝酒就蒜，羊肉汤更离不开蒜，去膻，他“喫”的那可是生蒜瓣，咯吱或者咔嚓，咯吱吱或者咔嚓嚓，蒜是进了肚，蒜“香”却留在嘴巴里，熏得我遁无可遁。就这样包容了三十多年，看官会认为我这是真爱了，当然有爱的成分在，主要是俺“管”不了，真爱是他对蒜。

有次跟他去羊肉馆吃伏羊，桌椅板凳没个章法，桌桌大蒜散乱，男女食客不是在吹牛就是在吃蒜。我就很疑惑，大蒜在羊肉馆这么受欢迎，为啥还免费供?

记得梁实秋一篇文章里一个细节，把蒜泥涂在白菜叶上卷包饭拌菜，双手抱着吃，满手满脸都是蒜汁和饭粒。文学大家对大蒜都如此情有独钟，我对我家大叔包容些，也在情理之中。

除了“鸡猪鱼蒜，逢着则喫”，为了能在冬天面条出锅前撒一把鲜嫩的蒜苗，大叔找来几个泡沫箱，栽蒜，对前去凑趣的我随口一个谜题：“兄弟七八个，围着柱子坐；大家一分手，衣服就撕破。”

我这么不待见大蒜的一个人，到了大许地界，迎接我们的是连绵的蒜地，蒜农正忙碌在田地里起蒜。你别说，大许的蒜头真比别处大而饱满，蒜皮白中透红。蒜农说农业现代化，种子和土壤是基础，大许地处黄淮地区，自然条件优越，雨量充足，光照时间长，灌溉水质好，土质疏松，所以味道也比别处的香辣醇厚，还耐储藏不易坏。听听这大蒜文案，蒜农都成了一顶一的广告高手。我当即要买些带给我家大叔当“礼物”，遭蒜农拒绝，说收购方已按亩收购，不能再零卖。买个十斤八斤收购方怎么能知道？蒜农立马答：“那哪能，做人首要得实诚。”

当即对大许的蒜农刮目相看。

大许用 6 万亩优质土地种大蒜对我来说简直像个天文数字，更不可思议的是，1962 年在临近大许镇东部的宿羊山汉墓，出土一个西汉时期的蒜头壶，佐证了 2000 多年前此地就开始种植大蒜，这样看来，欧洲、东南亚、南美、非洲等国家源源不断从大许收购大蒜算他们有眼力有远见，味蕾这块，历史和现代，国内和国外都有相通之处。

“我们只管收种，销售有政府来。”蒜农很是满足。

“其味何解？”

蒜农有妙招：“食蒜后可以嚼茶叶，亦可以喝酸奶，还可以嚼几粒生花生。话说回来。如果因为这一点点蒜味就不吃大蒜，那太啥，有眼不识金镶玉了。”

《本草纲目》记载：“大蒜通五腑，消痈肿，化积食，达诸窍，祛寒湿，辟邪恶。”还真是宝物。想起小时候拉肚子，奶奶会扒拉出余灰里烧熟的蒜头让我吃下；还有端午煮粽，也会扔几个蒜头同煮……

那天在大许，看别人把大蒜吃得有滋有味，我也有样学样，捏了一瓣蒜，试试探探咬了指甲盖那么丁点，一股辛辣里包含浓郁的奇香，从牙齿弥漫进喉管，很是奇特，要不是担心其味久留口腔，我大概还会去取一瓣吃。

从大许回来，我家大叔发现了我的变化，炒菜开始用蒜片或者蒜粒在油锅提香，三十多年没被他改变的我，被大许改变了，他赞道："魅力大许！"我答他："味蕾深处，即是蒜香。"

大许热土上的足迹

魏德君

文化是一个国家的灵魂，没有文化就没有生命力；道德是一个民族的基石，没有道德则终将泯灭。左传里也讲道：夫令名，德之舆。德，国家之基也。道德能使社会进步，道德能让人民幸福。这里，讲一讲有情有义的大许人，践行道德和担当留下一串闪光的足迹。

20 世纪 70 年代末的一个冬天，大许轧花厂发生重大火灾，三楼脱绒车间黑烟红火从窗户往外蹿。因水枪喷到长梯上的水立即结冰，几个消防队员和群众从长梯上摔下来，被送往医院。火灾就是命令，这时一名退伍军人终于爬到三楼，另一名瓦厂工人抵住他的脚，他左臂揽住窗户钢筋棍，右手持水枪猛喷，火苗烧了他的眉毛和帽绒，烟呛得喘不过气，但 20 多分钟后，终于扑灭了大火。退伍兵艰难地下来，默默离去。在回瓦厂的路上，正巧迎面有两辆小车停下来，出来人问道：“同志，大许轧花厂失火在哪里，怎么样了？”退伍军人只回答一句：“火已经扑灭了。”丝毫没提自己救火的事。然后忍着左胸部被窗户挤压软组织严重挫伤的疼痛，回到瓦厂。

大许公社最后一任党委书记张德才，患有肛疾。为了让群众能有水栽上稻，天天骑着大金鹿自行车，戴个席夹子，穿个柿子水染成灰色的褂头。带上机关人查水渠，捞河里杂草。全公社栽好稻他才去医院，医生说："怎么现在才来，裆部已经溃烂了。"

如果说这些故事遥远些，那我问，什么叫薪火相传？什么叫道德传承？21 世纪的大许人，同样有着极高的道德修养。邵楼村一个叫邵达的七八岁男孩，因患与血液有关的进行性肌肉萎缩症（肌无力），完全丧失生活自理能力。几年后萎缩到医生放弃，生命垂危。母亲王秀珍夜以继日地为儿子进行按摩，他竟然奇迹般地活了下来。王秀珍又拿着书教儿子认字，拿着儿子的手教他写字。七八年后的儿子竟在生命结束前出了一本诗集。王秀珍于 2013 年被评为"敬老爱幼中国好人"。

80 多岁的退休教师许德政，担任大许村关工委主任十几年来，一直用三轮车推着高位瘫痪的老伴查网吧，规劝未成年人远离经营性娱乐场所。一次查完一个网吧后去另一网吧路上，从桥头雪地里滑到冰河里，还受了伤。他的事迹上了诸多媒体，2014 年许德政被评为"敬业奉献中国好人"。

2018 年 10 月上旬，大许医院退休医生魏廷珍旅游在尼山时，一位 78 岁的淄博老人因心梗发作，眼看有停止呼吸的生命危险，魏廷珍立即进行人工按压 10 多分钟，救治其脱离危险，赢得了 120 赶来的时间。当天下午，一位李姓低血糖病人晕倒出现休克。魏廷珍正巧在场，又立即为其喂水补糖，掐人中穴，使其苏醒过来。她一天救了两条人命，加上她平时的善举，2019 年被评为“优秀共产党员”光荣称号。

在关工战线上工作 26 年的大许镇退休干部李富义，退而不休，寒来暑往，披星戴月，老骥伏枥，为了下一代呕心沥血，作了无数次报告，走访了无数个家庭，写了 100 多万字的工作笔记和讲稿，总结出许多关爱经验，多次被省、市、区表彰，2015 年被评为“全国关心下一代先进个人”，在北京人民大会堂接受颁奖。

榜样的力量是无穷的，在大许这片热土上，有众多孝敬公婆的好媳妇，有冰水救人的好青年，有疫情防控期间舍己为人的好医生，有冒着危险维护治安的好民警，更有贴心农民的好公仆……

当道德和善行随处可见时，这个地方便正在孕育着一股蒸蒸日上的潮流，正在引领着一代人道德观念的升华，也正是这个地方于无声处将喜听春雷的炸响，也正是这个地方的人们，正在高富强美的起跑线上开始涌动……

锦绣河山收拾好，万民尽作主人翁。良好的品格是人性的最高表现，不仅是社会的良心，而且是国家的原动力。陈北京书记说：大许有亮点，有焦点，更有切点和起点！我们坚信，有着红色底蕴且文化厚重的大许镇，有为向上、不甘人后的大许人，定将一跃而起，走在建功新时代的前列！

一个异乡人眼中的大许

一辛

大许是一个小镇，隶属于徐州市铜山区，位于江苏省徐州市中部。它曾经是一个不起眼的小镇，但经过多年的发展和建设，现在已经成为一个富有活力和独特魅力的地方。

作为一个异乡人，来到大许，我深深感受到这个地方的变化。首先，它的交通变得更加便利，现在已拥有多条高速公路和铁路，与其他城市的联系更加紧密。其次，它的城镇规划得到了很大的改善，环境更加整洁优美。公园、广场等公共场所不断新建或升级，成为市民们休闲娱乐的好去处。

这个小镇，如今已经变得繁荣富庶。绿水青山相映。每一寸土地上，都闪烁着耀眼的光芒，让人目不暇接。这里拥有着浩瀚无边的天空和广袤无垠的大地，这里有着淳朴善良的人民和美好的自然风光。良辰美景，沁人心脾。远离城市的喧嚣，漫步在旷野之中，令人心旷神怡。这里的空气清新，阳光温暖，树林中的小路弯曲而美丽，顺着小路往前走，会发现一望无际的田野，在辽阔的天地间，心绪于其中徜徉与驰骋。

站在碧绿的原野上，青绿的麦田随风波动，山峦在远处起伏，如同一幅壮美的画卷展现在眼前。近处有几只小羊在嬉戏，清脆的叫声飘过来，令人感到亲切而自然。不远处，有一片葱翠欲滴的小树林，隐约闻到袭来的花香，令人陶醉。在这片美丽的大自然中，人与大自然融为一体，心灵得到了深刻的净化。没有烦扰，没有压力，只有大自然最原始、最美好的风光和生命力。

从小镇到如今农业大镇，大许经历了春华秋实的洗礼，成就了许多创新、奋进、革新的事迹。种业研发、农业产业化、农产品带货直播等新时代下的新产物，它的美丽和神奇深深地吸引着我们，让人不禁为之动容。它是农业人梦想中的理想之地，也是每个农业创业者追求的标杆之地。

不同的是，这些新的变化与创新，不仅让大许摇身一变，成为南风起，扶摇直上的新星，更是让徐州市铜山区乐此不疲，像披荆斩棘、盛极一时的英雄，摘取了它的荣耀。

大许的改变，仿佛一股清新的风，自然纵横，干净无瑕。这阵涟漪起伏，达到了它的极致。高铁、高速路、高水平发展，城镇规划变得更加精细，路灯和建筑物倏忽间出现在你的视线之中。公园、广场等公共场所更是变成了长空飞鸟、万象天开的所在。人们在那里戏水、嬉戏，惬意自得，仿佛置身仙境之中。

大许生态环境十分优美，拥有广阔的平原、连绵不绝的山脉和清澈的河流。这样的自然条件让大许拥有了得天独厚的产业基础与发展潜力，大许大蒜种植产业就是其中之一，政府与企业合作，自建配套的仓储与创立大蒜深加工的品牌，消化本地大蒜庞大的产量，甚至实现了大许大蒜的国际出口，既解决了农产品滞销与恶性竞价的源头问题，又让农民的产值与效益翻番提升，有了相对稳定的收益与安居乐业的幸福感。

大许，这个美丽的小镇，让我们见识到了人类在农业发展上积极进取的精神和智慧，在这里，我感到心旷神怡。如今的大许，已是行业龙头，拥有了众多的农业先进生产力和科技创新。在大许，特产大蒜、黑玉米、金丝皇菊等当地特产，成了当地农民增产创收的突破口。这些物产不仅产量大、品质好，也深受消费者们青睐，成了大许的招牌特色。就是这些积极的变化改变了大许的面貌，也改善了当地人民的农业生产方式。

在大许，美丽的田园风光与质朴的生活风貌，带我们享受大自然的礼物，感受生命的脉搏，在晚霞中欣赏星辰点点，与伴侣、朋友或家人们分享美好的时光。正如人们向往的桃源之地，渐渐地，夜幕降临，万物皆显得朦胧。仰望苍穹，群星点点，有说不完的美妙和故事，人们也可以在这里抛开尘俗，寻回最纯真的自我，体验生命的奇妙之旅。

大许，曾经名不见经传。但如今的大许，它给了我们一个美好的展示平台，以小见大，深刻地展现了中国农业发展的历史和现在的缩影，在世界各地得到了广泛的赞誉和关注。作为一个异乡人，大许小镇的不断发展壮大，让人流连忘返，每时每刻，在期盼能够再一次来到这个璀璨夺目的地方。在这里，人们可以感受到自然的力量和生命的活力，也能深刻领会到历史的古韵和人文的内涵，更是又一次发扬了大许的风采；在这里，让我们感受到了生命的希望和生存的力量；在这里，我们期许看到一个更美好的未来。

大许之“大”

田厚钢

到大许镇采访，深切感受到大许的“大”：

土地面积大，12 万亩；

人力资源数量大，10 多万人；

中心镇镇区框架大，五纵六横；

宜居功能关联度大，拥有健全的教育、医疗、养老等公共服务体系；

商贾云集，坐拥上千家的商贸业，餐饮、购物、娱乐功能齐全，服务范围大……

诸多“大”铸就大许镇名副其实的区域中心，连续两年获评区对镇考核第一等次，始终奋进在“争当表率、争做示范、走在前列”的征程上。

不可否认，“大”是资源优势，是做强之基础。面对诸多的“大”，朴实的大许人很谦虚：“大许只是些许‘大’。”镇党政领导坦言：压力大，动力也大，时时刻刻聚焦提神、提标、提速、提效，目前正致力于做好新时代高质量发展大文章。

一是大气魄创新。镇党政一班人不辱使命，不负重托，目标大、决心大，立足资源禀赋，抓住创新这个第一驱动力，对形成共识认准的事，创新实干，干就干好，不留遗憾；锚定争当“产城融合特色镇、乡村振兴示范镇、宜业宜居新市镇”目标，集中发力，梯次推进。如：江苏农爱田生物科技有限公司获评农业产业化国家重点龙头企业和省级内外贸一体化试点企业，徐州爱迪食品有限公司获评农业产业化江苏省重点龙头企业，镇农业农村电子商务产业园成为全省农业农村重大项目之“新形态乡村产业”项目典型。2023 年，大许镇全力争创以大蒜为主导产业的国家“一村一品”示范镇、十亿元特色产业镇，申报“大许大蒜”国家地理标志证明商标。

二是大手笔谋划。强化大局意识，保持战略眼光，既干好当前，又着眼未来，坚持干打基础、利长远的事。根据“一核一环一城五大片区 N 镇”的总体布局，大许镇进一步助推镇村规划升级，高标准、高起点配套镇村综合设施，突出优势、强化功能、凸显特色；严格按照新型小城市标准规划、建设、管理、经营城镇。同时以“产业发展突破年、人居环境深化年、遗留问题化解年、干部素养提升年、体制机制创新年、组织建设提质年”为抓手，以“四个提升”和“一述五评”为引擎，逐步完善农村人居环境长效管护机制，加快推进农房改善，统筹公共空间治理和社会进步，扎实推进美丽乡村、特色田园乡村建设，促进人居环境持续提升，让老百姓就地过上现代文明生活。

三是大力气实施。集中精力、咬定目标，燃烧激情、奉献才智，不仅尽力而为，而且善于借力而上，不达目的不罢休。今年，大许镇紧紧围绕“强龙头、聚集群、延链条、育市场、创品牌”，倾力构建“一集群四基地”的大农业产业体系，打造大蒜产业集群、农产品外贸出口基地、农产品冷藏设施基地、饲料加工基地、生态草莓种植示范基地的农业产业体系。大力优化现代农业产业发展新布局，创建以农产品深加工、商贸物流业为主导的全国重点镇，蹚出城乡互补、工农互促、三产联动、共同富裕的乡村振兴新路子。

大许镇的决策者认为，些许“大”，在一定程度上说明未来发展的潜力大、后劲大，干部干事创业的舞台更大。未来大许将以满足人民群众更大的期望为根本，抢抓机遇、乘势而上，持续加力、久久为功，把中心镇规模再做大，把镇域经济做强做大！

浪漫大许

如果你要写大许

刘计辉

如果你要写大许
就不能只写大许
要写扶摇直上大鹏展翅九万里
紫气东来产业兴旺不负期许
要写生生不息大河奔流朝东去
二八桥头铁路北沟活水清如许

如果你要写大许
就不能只写大许
要写村二十三犹如剑二十三竞相发展
十万社会人口就像十万大军气势冲天
要写西工东农产业规划格局基本形成
园区成效已显深耕现代农业集中连片

如果你要写大许
就不能只写大许
要写大吴小墩都是兄弟东探西探就在隔壁
郑庙朱庙都很美妙横山太山全在河西
要写房亭沙庄两村交界邵楼岳海大许赶集
团埠麻沟惺惺相惜简城九山梨园看戏

如果你要写大许
就不能只写大许
要写三纵七横城镇交通全国乡镇重点
国道省道垂直相交绕越徐连均有出口
要写徐州地图折成米字全市版图中心
两条铁路平行贯穿大运河畔还有渡口

如果你要写大许
就不能只写大许
要写淮海战役敌前指挥麻沟刘鹿全线阻击
瞻仰朱庄烈士陵园松柏雄立全是敬意
要写两乡合并携手前行高铁新城还将转型
奋进全国千强乡镇开足马力开天辟地

如果你要写大许
就不能只写大许
要写刘鹿葡萄阳光玫瑰晶莹剔透颗颗饱满

小农仙玉米回归自然专注生产有机食品
要写板桥草莓不同品种果肉细腻粒粒鲜红
农爱田品牌走出国门龙头企业前程似锦

如果你要写大许
就不能只写大许
要写饲料产值突破十亿销往全国各地
东部新城电商直播带货加速领跑数字经济
要写五六万亩大蒜面积农民增收持续
工业园区主打装备制造同步生产电子电器

如果你要写大许
就不能只写大许
要写城市往东走大许在招手
招商引资项目建设百舸竞风流
要写亲清新关系政商做朋友
凝聚共识汇聚力量傲然立潮头

可能（大许版）

刘计辉

可能东边的郑庙　守护城市的门
可能团埠年货街　有尊送财的神
可能前方有梦想　才敢展翅飞翔
可能后王是故乡　才会无惧风霜

可能奋进征程上　有人争先担当
可能要去到大许　才见山高水长
可能谁说要为你　牵手汇聚力量
可能想着为了谁　有为才有希望

可能板桥有产业　带领村民致富
可能在梨园村庄　空地种满绿树
可能再也等不起　群众期盼的梦
可能户户通了路　才能坚定脚步

可能工业园路上　众人双向奔赴
可能朱庙小院里　恍若时空停驻
可能要等上几年　依然穿行忙碌
可能在清晨雨后　温暖千家万户

可能奋进征程上　有人争先担当
可能要去到大许　才见山高水长
可能谁说要为你　牵手汇聚力量
可能想着为了谁……

可能终于有一天　刚好追寻过往
可能永远在路上　事业厚重肩膀
可能一切的可能　相信才有可能
可能坚守住信仰　才能不负时光

大江奔流活水清如许

刘计辉

大许，徐州市区之东大门，常被赞为“紫气东来之地”，属铜山区。大许之大，皆因地大人多。下辖二十三村，数量冠绝全区，一百二十九平方公里，几乎无山丘，十二万亩耕地，位列全区之首。大许有人口十万，乃全区最多，仅镇区四平方公里之地，容纳人口四万余。大许足超镇之概念，称其为城，亦不为过矣。镇区内有四星级高中、区级卫生院，仅此两点，已至罕见。

吾公元二〇一六年五月二十日至府地报到。过去种种，仿若昨日。吾于当年“五二一”之日，开启工作之时，更于适合表白之刻，足迹遍及大许各地。

吾分管之域，始于城建之务，分属违法用地拆除、城镇建设管理、镇村规划之类。此务已领时长四年，其间近乎未有平日及周末之分，既有徐连高铁征七村田地之急，邵楼增减挂钩停滞多年收尾之困，亦有郑庙集中居住开全区先河之难。

可谓征地拆迁，寝食难安。拆除违章之物，护佑耕种之田，虽万千阻拦，吾亦往矣。

徐连高铁全线通车，吾闻之，心有喜悦，不负当年与众人之合力，此道之开，亦为大许之崛起搭乘快车，为大许之展翅增添引擎，后将据此建成“大许高铁新城”，足以丰沃百里，惠及万民。邵楼项目多年未变，民怨四起，甚为棘手。吾率众将，不离不弃，借力打力，终得圆满，新增土地七十余亩，加增村民之收入，解决访民之诉求，重树干部之威信。此后该村，由乱而治，以点带面，推动全盘。郑庙工程，至今已持续三年之久，从无到有，当属全区之试点。其实施手续齐全，房舍质量上乘，有法规之建设程序，有职业之建筑公司，有现代之设计风格，堪称农村多层建筑之典范。期间动迁之务颇为艰难，后续之村皆引以为镜，乘此基而丰富方案。现今附属之工加速推进，不日完毕。此倾注吾之心血、精力及情感，追忆往昔，喜泪皆有，悲欢俱存。虽存些许遗憾，吾心无愧天地，其颇有感触，无与外人说。

吾分管国土之务，创全区增土扩田之记录。凭土地增减挂钩、占补平衡、万村整治之策，累积整治建设用地面积，遥遥领先于兄弟乡镇，供全区发展土地空间指标一千五百亩之多，献镇级财政增收达亿元之多。经此一段，更是百倍信心，其余各项，又有何难？

尔后吾分工调整至工口，恍然间已近一年。始于门外流浪汉，现今行家操盘手，吾乡镇工作之终末短板，因此得以补齐。吾少时，先委大学生村官之身，总时七年光阴，期中五年半之村书记履历，先深究农业农村之务，可谓深入基层精通熟练，后练习于城建之岗，历经百战颇得章法。今再战工业经济之域，借以同事相助已有诸多体会。对接考核之纲要，落实工作之细微，扬长补短，聚力借势，新增服务业、贸易企业数达标，外资外贸业务拔得头筹。

今有招商引资之策，现为大许画像，不过“一、二、三、四”足可概括。“一中心”，展徐州地图全貌，纵横对角折之，“米”字中心点落于大许，此乃地理之馈赠，大许当属徐州之中心，淮海经济区中心城市之中心。由大许纵贯线及东，贾汪、睢宁之部分，邳州、新沂之全域，皆地处一侧，人口四百多万，近全市一半，以此为据，大许亦全市人口之分界线。“两园区”，大许呈“西工东农”之状，西为市级工业园区，集机械、电子产业为一体；东为区级农业园区，涵农副产品出口、加工于一身。西有行业代表兆佳建材，列镇内纳税贡献之头名，东有龙头企业农爱田，揽全区外贸销售之榜首。两园区交相呼应，东西对话，为本地之发展积蓄能量。“三新城”，一为传统之城市功能新城——陇海新城，因大许国家、省中心镇之定位，需报以辐射带动之效能，大许之愿当服务周边三十万人口，辐射四面三百平方公里面积；二为新增之商贸新城——东部物流新城，负有承接全市物流企业搬迁之责，规划面积 11.5 平方公里，以快递、物流、新工艺、新装备制造业为核心，欲开创大许物流业之新高地；三为未来之产业新城——大许高铁新城，为全区重点规划之“一城”所在，欲借徐连高铁大许南站之利，创产业之大发展，聚企业之大融合，启货运高铁之新时代。“四纵横”，即为四纵四横之交通路网，四纵为五环路、252 省道、东部绕越高速、省际高铁。四横为311国道、陇海货运铁路、徐连高铁、徐连高速。四纵四横，承接东西，纵贯南北，交织成网，通达四方。西北部团埠村有京杭大运河之渡口、两条垂直相交的高速公路在镇内均有出入口、高铁有站台和货场、有国道、有省道、距离机场仅为二十五公里，此等路网，可谓海陆空、铁公机融合一体，放之淮海，放眼四海，又有何地匹敌？未来之大许，必是产业之集群地，物流之重要镇。

吾联系之村先后有四，分为西探、沙庄、房亭和郑庙。始于西探，两年之久，五年更换四任书记三位包村人员，现得一时平静，愿新任头雁能协商各方，聚力发展。联系沙庄与房亭二村，时日不长，沙庄已成惯性，干群和谐。房亭现状平稳，脱贫攻坚改换新颜。忆当年，即是琐事不断，期间书记会计多次更换，多有不同意见。现今归于宁静，宁静方可致远。之后至此，均在郑庙，拆迁带来挑战，无异一场攻坚战，村干信心还需重拾，往日荣耀仍具光芒。愿所系之村，明日胜今，不负时光，冉立新功，再上台阶。

士为知己者死，志为身正者立。五年时光之追梦壮年，满身使不完之能量，跌而再起，挫而愈坚，余生道路，皆有此步。而今迈步向前，奔赴接下战场，俯首过往，重启序章，虽有眷顾，无以语言。

大许之大，大在格局，聚合万物，有容乃大。大许之许，许诺之词，一诺千金，活水清如许。海纳百川，有容乃大，问渠那得清如许，为有源头活水来。有容乃大，活水清如许，此则大许天地人精气神之正解。

今已过而立之年，感念人生时光之岁月无声，满怀艰苦奋斗之壮志雄心。昔战火纷扰仁人志士舍生忘死，救民于水火，救国于危亡，今岁月静好豪杰群起只争朝夕，济时于初心，济世于使命。生逢盛世，不移矢志。青山不改，绿水长流，待到百花盛开时，便是人间好景色。

在大许，聆听绿色与生态爆响的幸福指数

西杨庄

一

小麦是生态的，大蒜是生态的，就连蒸熟的馒头
都是生态的。当我走进大许，我就读懂了生态的内涵与外延
追逐阳光的脚步慢了下来，让初夏温柔的风迎面吹拂着
大蒜白、草莓红与黑玉米都在弹拨着新的弦音
“小菊花”伸展了“产业兴”的黄条脚印。与大许相遇
葡萄紫和西瓜绿扯上毛豆青融入了七彩农业的色泽
农爱田发出年轻的光芒。或者搬来生态景观
搬来三百六十五个日出的记忆
将明媚的光留下，润泽这片土地下的嫩芽
或者，搬来四季的灿烂
营造浪漫大许的诗意画卷

不经意间，小农仙玉米跑上了江苏电视台
城市直通车热点了绿水青山腾挪智慧的结晶
梦幻照进现实，绿色种养循环的绿肺复苏
浮动了大许芳香和柔美的底蕴
还时光洁净的爱与摇篮，还绿水清澈的生命
还天空白云和蔚蓝，大许捡拾了向远方跋涉的勇气
还给校园百鸟婉转的歌唱，增福禅寺栖进了一炷暗香
偌大的绿色农产品基地，埋藏着诗的纯真与无瑕
假以时日，这生命的守望与期盼
这温馨的花香，清晨的露珠，这绿水青山的梦
会无限生长，沿着新时代的步履，不断向上延伸着
绿色的脉络，健康的脉络，时代的脉络

二

在大许镇这片大地上，所有的初相识
更像是另一场久别重逢，或叙旧
而生态大许的秘密，总是在半醒半睡之间
在暖风如诗又不辜负一首诗的花香中
在看山是山，看水是水，在艺术与生命的等号中
哺育出繁茂的时光，青葱的岁月，更是哺育出
一片月色的皎洁与纯净
一片阳光的灿烂与炙热。或者
将东部数字经济产业园做大做强，打磨成
一面晶莹剔透的镜子，衔直播带货这一枚绿宝石

嵌镶在大许福地上，将时光的故事
人间的繁华与兴盛，植入在一棵棵绿植里
点缀着得天独厚的绿色电商版图

站在大许家火车站那一棵老槐树下，凝眸深思
似乎，我总是以这种方式与你久别重逢，犹记得
三十年前的大许家车站，泥泞一片，漆黑一片
沉在往事记忆中的大许啊，堪比今天的忆苦思甜
而此时，呼啸而过的连徐高速都在深情留连
同是一个车站，三十年后绽放出了幸福和谐的模样
而我，此时竟然捧着一片深情注视着高速出口处
那正在流淌着绿色青春年华的光晕

三

大许镇没有湿地公园，也不依山傍水，所以
你看不到湖光山色，找不到人造景点
甚至于一个小小的假岛假屿，因为
大许镇不需要那些森林的韵律，不需要荷花荡和芦苇荡
那些虚虚浮浮的表象，大许镇的朱庄烈士陵园
才是沉淀在历史深处，沉淀成实实在在的红色景点
轻触着时光的美，坚毅着英雄的魂
如同朝阳的灿烂与落日的余晖点点浮动
与生态，与绿色，与务实串联成新时代的曲目
串联着青山绿水的佳朋云集，而我这个

虚挂着作家名号的文学爱好者
面对沉稳如山务实如山的大许镇，竟然斗胆挥动
野趣与柔动的笔，放肆地在大许镇的版图上泛动着
冰山一角的倾诉着对这里自然生态纯朴风光的爱恋

百年小镇的山水与城市，与人，与时光的光影
拓宽着一条碧道长廊，微醺着虫鸣鸟语
我们从这条生态绿廊，奔赴
另一条生态绿廊。辗转着不同的旅站
有时腾空着灵魂与肉体的谜，有时
又不断从花香和鸟鸣中萃取时光的斑驳影像
秉承着“共建共享”的发展理念，他们科学谋划精准施策
有效探索出了具有大许特色的城乡互补、工农互促
三产联动、共同富裕的乡村振兴之路，在自己的身体里
完成了蜕变，还将大许的田园切入美丽的中国画中

大许人心中的美啊，激荡着股田制的深邃
在党建的凝聚中具象化存在
规模化、集约化、高效化发展的三重奏
更是捧起了高端生态的维度
捧起了镇农业的骨骼与肌肉
捧起了绿色历史的契机，生态的乐章

四

在走进多姿多彩的大许，我拥抱着绿色的语言
赞美生态，赞美每一缕阳光和负氧离子
每一寸土地都怀抱着生命狂想的中国梦
在大许，我手舞足蹈地走在健康路老双塔路丝绸路上
忘情地欣赏着万物最灿烂、最美丽的这个季节，畅想着
那么多的大许人正在幸福地坚守在大许这片土地上
用生命与青春，用绿色与生态谱写一曲金山银山

大许的风景，是镇党委股田制默默实行
呵护人民群众幸福线的瑰丽画卷
拥有那一片辽阔与安静的风景
是党组织写下的美丽诗篇
是无数个党员的忠诚与奉献
是千千万万个来此抒情的人的震撼
如水鸟掠过湖面贴面亲吻，如夏日的荷花
深情地眷恋着夏日的阳光，如翩翩飞舞的蝴蝶
抖动绿色词汇轻弹出生态大许的灵魂

田园风光的四季柳绿花红
陪衬着农爱田光鲜的唱词，是大许人
勇敢的探索出了绿道的长度与宽度
天与地的高和远；探索出了

生命的日月星辰山川湖海；探索出了
服务发展一线、服务群众一线、服务稳定一线
敢为善为、务实落实新时代的赶考路
完美地完成了一次次灵与肉的释放

五

大许啊
这是您绿色生命的语言对生态大许的赞美
在您的绿色版图上，我寻找到了有趣的灵魂
在您的生态强音里，我看到了不一样的皮囊
在您绿色与生态的双翼之下，我更是听到了
许许多多大许人噼噼啪啪爆响的幸福指数

本草三题（草莓、葡萄、大蒜）

杨华

在大许，我的味蕾无法抗拒一颗草莓的诱惑

年底到了，一颗颗草莓
迫不及待地交出了激情
颤抖的手沾满泥土和露珠
谁能摘下最鲜艳的那一颗
谁就算夺得了最美的爱情

苏北的乡下，是它们
让大地捧出最高的礼仪
点燃了田野的希望

一簇簇鲜红的草莓
就是一张张诚实的笑脸
这些汗水浇灌出的浆果

仿佛村庄燃烧的激情
和大地的心跳一起
生生不息

在大许镇，我的味蕾
无法抗拒一颗草莓的诱惑
如同流落他乡的诗人
遇到欲罢不能的爱情

少年的心事在枝叶间躲躲闪闪

闪光的葡萄，懂事的葡萄
装点家园和视野的葡萄
在陶醉的秋风里
少女嘟起新鲜的小嘴

尝遍人间百味的少年
在雨水中洗濯干净的身子
让他百感交集的葡萄
窥见了少年心事的葡萄
青涩的爱情在枝叶间躲闪

诱惑是无法抵制的
我亲眼看见了，秋风

把锦瑟的少女吹向流年
把害羞送上摇晃的秋千

成长的脚步越来越快了
一串晶莹剔透的葡萄
裹挟着与生俱来的芳香
让一颗颗迷茫的心
都找到了慰藉的家园

大蒜的成长，多像一个人坚韧不拔的努力

摆脱了大地母亲的束缚
这些黑暗深处的孩子
终于见到了天日
它们无不带着泥土的芳香
如同新鲜干净的婴儿
在乡村，在繁忙的场景背后
我听到了，幸福的笑声
和着丰收的热浪，直冲蓝天

仿佛有谁的召唤
一瓣瓣稚嫩的幼芽
在底层咬紧牙关
它们，用紧紧地拥抱

以及努力生长的态度
回答了春天所有的命题

带着舍生取义的念想
不几日，它们的身影
便会在餐桌和药铺里闪现
如果你有足够的耐心
一层层，剥开它柔韧的表皮
你会看到蜡质的肉身
也会看到它的辛辣和坚强
这些独守静谧和喧嚣的汁液
不仅可解毒杀虫，还能够
治愈亲情的离散和悲伤

大许镌刻四首

魏德君

渔家傲·大许印象

莫道他乡多风景，
若来大许三观省。
地绿天蓝街面净。
园林靓，
政通民顺千家咏。

省级高中怀夙秉，
朱庄烈陵催人醒。
国道运河高铁横。
城建兴，
富强路上昂扬行。

七绝·渡口惊蛰天

时风时雨杏花津，
时暖时寒摆渡人。
挂棹观山峰荡水，
和雷敲韵满河春。

人月圆·水利之功

昔时衍涝来临季，怨气哭声连。家园沧海，残垣断壁，苦涩炊烟。

恢宏水利，灌排一键，暴雨徒然。

泄洪无渍，粮田无浸，还是丰年。

五古·大许团埠渡口暮景

堤柳沐阵雨，蝉哑蛙声低。
土道飞尘定，坡下草溅泥。
浩浩运河水，汩汩泛涟漪。
两边小逆流，三五游寸鱼。
夕照巧云变，霞映炊烟丽。
铁驳弄横浪，叶舠晃鸬鹚。
碎波万点金，粼光连天齐。
坠日如悬火，沾水几跃起。
残阳河面漂，渡客众面西。

阵阵暮风爽，双双对鸭飞。
云涌雷又动，落花景更奇。
六秩河口景，最美夕斜时。

注：京杭大运河铜山东段，为1958年人工开挖，水面阔100米。至今已逾60余年历史。

三访大塔山增福寺

于克南

增福寺位于铜山区大许镇大塔山上，是《铜山县志》记载的一座赫赫有名的佛教寺庙，“增福寺，在城东北九十里大塔山上，明万历四十三年重修。”姚克明《徐州寺庙》一书有寺庙布局介绍：“庙有大殿五间，东西厢房，外加穿廊大殿、东西跨院、大厅内塑有四大天王、十八罗汉，殿堂内雕梁画栋，十分壮观。”

时光如白驹过隙，弹指一挥间，增福寺早已杳无踪影，这座寺庙是如何消失的？它是否还留下一些古迹和故事可以证明它过去的辉煌？

一访大塔山挖到古塔大砖

2017 年 3 月，春风十里，桃红柳绿，站在大塔山上极目四望，碧绿的田野一望无边，和煦的春风送来缕缕清香，缓缓起伏的南山坡，密密麻麻地点缀着各种野花，婆婆纳、甜地丁、二叶郁金香尽情绽放，毛姑朵花最惹人喜爱，亭亭玉立，袅娜盛开，其叶如芍药，其花似木槿，小巧的花萼披满了白色的柔毛，蓝紫色的花瓣环抱着金色的花蕊，低调又不失奢华，在群花中顿显华贵。

在山顶一片瓦砾之中挖到了古建筑的基础，距离地面 30 公分，砖墙断断续续，费了好大的力气才掀开一块完整的青砖，长 29 公分，宽 13 公分，厚 7 公分，这是一块老规格的大青砖。虽然古塔早已消失，“麦糠绳拉塔”的传说却依然在当地广为流传。

山下夹山村 65 岁的朱孝明说起这段故事非常生动有趣：“很久以前，汴塘没有塔，有人要在汴塘的凤凰山前建一座塔，可是，缺这少那，一直都建不成。山上有个老和尚天天用麦糠搓绳，有人问他干什么，他说：‘拉塔。’人们都笑这老和尚无聊，用麦糠搓绳能拉什么塔！老和尚搓好了绳下山了，来到一个员外家说‘施主，我今天要借你的水牛用一用。’老员外说：‘师父请便！’于是，老员外把牛喂饱，单等老和尚来牵。可是，一等不来，二等还不来，等了一天过去啦，老和尚还不来牵。又过了一夜，天刚亮，老员外就上山找到了老和尚说：‘师父说借牛用，缘何又不用了？’老和尚说：‘已用过了。’老员外说：‘牛在圈里拴得好好的，一天一夜都未出门，怎说借过了？’老和尚说：‘不信你就回家看看吧，看你的牛累不累，脖子周围有没有麦糠绳系得印子就知道了。’老员外回家一看，大水牛果然浑身上下水淋淋的，正躺在地上大口大口地喘着粗气呢！再仔细一瞅，牛脖子周围真的箍了一道深沟，还有不少麦糠沾在上面呢。老员外又上山找老和尚，问是咋回事？老和尚一笑说：‘今天夜里，我已把大水牛的魂摄去，用麦糠搓的绳，套了这头牛把大塔山上的塔拉到汴塘的凤凰山上去了。’老员外往山下一看，果然多了一座塔。”

村民还把大塔山叫作“大唐山”，山的西北角称作“凤凰台”，说是凤凰来临的地方。在山的北侧有一处30余平方米的泉池，正面镶嵌着一块四方形的白色大理石，上刻“塔山凌泉”四字。也许是一个巧合，在山下遇到了刘山村的老村长，阚村长介绍这座水池是他经手建造的一座水塔，用于灌溉农田，美其名曰凌泉。

大塔山的四周环簇着横山、刘山、田山、夹山、李山、吴山等众多小山丘。对这些山丘的考察还没过半，天色已经暗淡下来。

二访大塔山找到古碑两通

2017年4月，再次踏上寻访大塔山之路，大塔山的南侧有个村庄叫庙西村，村名说明这里曾有座古寺庙存在。

庙西村有位老人叫王兴让，今年82岁，他从小就在寺庙旁边长大。老人特别健谈，聊起古寺庙，他如数家珍，“这个庙叫增福寺，房屋100多间，庙内古碑有5块，前院4块小碑，后院1块大碑”“大殿都是木质结构，观音殿正梁上贴着明万历年间重修大殿的红纸”。

在老人的指点下，对寺庙的四周范围有了初步了解，这座寺庙依山而建，坐北朝南，房屋一百余间，占地面积一万余平方米，分上下两个院落，上为僧寮，下为寺庙，寺内三重大殿，有穿龙殿（盘龙雕饰以示天龙护法）、观音殿和大雄宝殿，寺庙和僧寮之间还有一栋两层的藏经楼，庙宇气势恢宏，庙会是每年的四月初八，是大许、耿集一带百姓祈福祭祀的一个重要场所，香火曾盛极一时。

如今，寺庙所在的地方基本被村民搭建了房屋，僧寮所在的地方已经被开山采石挖成一个 2000 余平方米的石塘。在石塘的北侧找到一个四边形石柱和一个六边形石柱，石柱虽残缺不全，却很粗壮，从这两个残缺的石柱可以想象寺庙的高大。

大塔山的位置非常重要，山下有个板桥村，一百年前它是一个大集镇，在日本军方绘制的徐州地图上特别突出地标着板桥集，它是东到耿集西到大黄山北到汴塘南到大许的一个区域中心，在抗日战争期间，大塔山成为日伪的一个重要据点。

王兴让老人回忆：“那年我九岁，土八路来端日伪据点，深夜的时候就悄悄地把寺庙包围了，战斗打得很激烈，日伪抵抗一阵子就逃跑了，日伪放了火，寺庙火势非常大，烧了三天三夜。”

“为什么把八路军叫土八路？”笔者感到好奇，问起缘由，“那个时候，八路军经常在这一带活动，穿便衣扎红绳子的叫土八路，穿灰色军装戴八角帽的叫光八路。”抗日战争期间，许多仁人志士义无反顾地加入共产党领导的抗日队伍中来，有些人还没有来得及穿上军装，大家就把没穿上军装的抗日战士叫土八路。

据贾汪区政协网刊登的《运河支队在贾汪周边的抗日斗争》一文介绍：“一九四五年春，我军进入了大反攻阶段。”“三月十三日，邳睢铜军分区独立团配合峄滕铜邳总队打下汴塘伪军据点，歼敌百余人，活捉伪军头子杜玉藻，并迫使大塔山、何庄、茶棚、郑庄、耿集、大李庄、小山谷等七处伪军放弃据点，逃奔宿羊山。峄滕铜邳县建立汴塘、耿集两个区政权”。结合王兴让老人的回忆，这说明在1945年初，中国共产党领导的抗日武装开始了积极反攻，1月份突袭大塔山据点，3月份赶走日伪并建立政权。峄滕铜邳总队不久重新恢复番号“运河支队”。

“寺庙起火为什么不救啊？”“当时霸占寺庙的是为日本人卖命的维持会、乡公所、区公所和警察局，里面的人都是汉奸，没人帮他们救火。”“八路军摧毁据点是腊月二十五日，这天我娘和我爹赶庙会去了，就我一个人在家，躲在家里没敢往外跑，屋子里都是狼烟，香气熏人，神仙都是用檀香木做的。”这一天是1945年1月30日，增福寺在抗日烽火中燃烧坍塌，但是，它预示着抗日战争胜利的曙光即将到来。

“庙里的五块石碑都没有了吧？”“还有，你跟我来。”老人非常高兴有人跟他谈起往事，居然用手麻利地扒出一块石碑。这块石碑是一块碑碣，碑的顶部是半圆形，用清水冲刷后发现，它是在老碑的基础上重新打磨后雕刻的，变成了一块横放的石碑。碑上记载：“大清国江南徐州府十一图，有增福寺伽蓝殿……大清嘉庆十四年八月初九日立。”石碑记载了供奉关羽的伽蓝殿重修于1809年。

另外一块石碑位于庙西村和塔山街之间的小桥上，由于石碑正面朝下，两头压在桥墩上，无法看清所有的文字，大概内容：“事各由，十衷修福之举以于庙中，今有大塔山水旱为灾，主持衣食不足，香火难奉，不得已，数岁之中续众姓山地……者各具善念，情愿当价弗偿，倡德于是寺，僧恐世远年湮功……杨大成拜撰，石工叶全有。道光十八年四月初八日旦立”，这是一块功德碑，许多农民把自己耕种的田地无偿借给寺庙使用，用以接济僧人，有二亩的、三亩的、七亩的，还有十五亩的，多少不等，虽然作价但是不要钱，百姓一心向佛的虔诚可见一番。

三访大塔山见到水牛墓和石狮

2017 年 6 月，在微信朋友圈认识了文史爱好者李耀辉，他爱人是板桥村人，板桥村的古寨门、围壕子（护寨河）、碉楼、古井、古树等等，他都了如指掌，和增福寺有关的一座水牛墓和一对石狮，经他介绍促使笔者三访大塔山。

6 月 10 日是个周末，笔者驱车经连霍高速来到大塔山，李耀辉和镇干部张光超、村书记戚风华等早已在村头迎候了，板桥村正在规划社会主义新农村建设，在改善环境方面，他们想听听各方面的建议。公元 1809 年重修伽蓝殿的古碑比较重要，它明确记载了“增福寺”，大家把这块古碑从地下请出来，然后送到村委会保存，如果打造景点这块古碑可以派上用场。

铜山区民协副主席杨权业这个时候也赶来了，他曾是大许镇文化站管理员，《中国民间故事全书》中的“水牛墓”故事就是他写的。水牛墓位于增福寺东北角，虽然被摊平了，仍高出地面 1 米多，面积有 20 多平方米，原有 2 米多高的古碑一块，在“破四旧”运动中被砸坏。这是徐州目前发现的唯一一座为水牛立碑的墓地。杨权业先生介绍："大家都说它是一头神牛，山下有人装车，山上有人卸货，中间不要人赶车，增福寺百把间房子用的大砖、青石、木材能少吗？等到寺庙建好了，这头神牛硬是累死了，甭说庙上的和尚心疼得慌，连周围的百姓都心疼得直掉眼泪，大家出钱给这头牛建了这座墓。"

增福寺原有的一对大门石狮现在被拉到太山街的一个院子里，是当年镇文化站为了保护临时放在这里的，石狮高度1.5米左右，造型古朴，威猛雄壮，连同精美的底座基本保存完好。

徐州的东北有一条断断续续的小山脉，从子房山开始一直到大塔山，其间的山峰有一些是因寺庙命名的，如寺山子、大庙山、寺山、小塔山、大塔山等，目前恢复的寺庙有子房山东山寺和寺山的弥陀寺，"世上好话佛说尽，天下名山僧占多"，大塔山是铜山区东北角的一座名山，但愿增福寺也能得到恢复重建，寺庙不仅仅是一种宗教建筑，更是徐州历史悠久和文化灿烂的象征。

十八亩地

王永强

2023年，大许镇在铜山区委、区政府的领导下，全力推行“党建+股田制”改革，本文截取一个村在此项工作中由落后到先进的千头万绪中的一个镜头，来反映广大基层党员干部的艰辛与执着，他们为了大许镇的发展和乡村振兴默默地做着贡献！

正午的日头追着近群的屁股火烧火燎地进了门。近群把头上的草帽往地上一丢，直奔饭桌。近群媳妇儿瞅着老伴的一身土赶紧把他推出了屋，她又顺手从院里的绳条上扯下一条毛巾，从头到脚的拍打起老伴。媳妇一边拍一边唠叨：“没脑子吗？也不看看几点啦？不吃晌午饭啦？”近群满脸得意：“那十八亩地的事成了！”“成啦？癞子不闹了？”“不闹了，合同都签好了。”说着话，近群抬手想摸下媳妇的脸，这是他常用的庆祝动作，不过嘴里还要找个借口：“别动，腮帮子上有个米粒，给你弄下来！”近群媳妇往后一撤步，近群摸了个空，他媳妇往大门努努嘴，近群才发现大门敞的比他现在的心还敞亮，便不好意思的随媳妇儿进了堂屋。

近群刚端起碗来，就听院里噔噔噔进来一人，叫喊声比人先入了堂："李书记……李书记，癞子家又反悔了！"近群透过纱看到六组的组长二孩一边喊着，一边推开了他家的纱门。也许用的劲太大，堂屋纱门弹簧竟然脱了出去。那簧像条蛇一样在空中蜿蜒了几下，一下飞到近群的额头上。一条鲜红的血印子把近群媳妇吓得尖叫起来。她来不及埋怨二孩，赶紧去取碘伏。二孩一下子怔在门内："书……书……"近群一脸淡定："啥叔……叔的，咋还差辈了呢？""书记，你还有心思开玩笑，癞子悔约了，他媳妇正在地头闹着呢，包地的王总让我去地头处理这事呢！你想，我哪能缠过那两口子？这不，来请你一起去处理吗！"正说着话，近群的媳妇出来了，她一边拧碘伏的瓶盖，一边责骂二孩："二孩啊二孩，你真半个脑子！你这货是真二！"二孩愧疚有加，冲着近群媳妇弯下腰想赔个不是。近群扒开他媳妇的手："走，到地头看看去。"近群媳妇看着老伴涂花的额头，还有满碗的米饭顿时来了气："不能出去，今天天塌下来都得把饭先吃喽！"近群瞅瞅媳妇儿又看看二孩，低头使劲扒起了米饭。屋里似乎只余下吧唧吧唧声，还有二孩那颗无处安放的小心脏咚咚咚地跳个不停。

近群抹了一把嘴，把碗推开，捡起草帽，拉起二孩就往外走。他媳妇的手机突然响了起来，手机的声很大，三人都能听到："妈！我爸呢？上午咋不接我电话？"近群媳妇一把拉住近群："你儿子电话。"近群接过手机，声音明显低下来，儿子是他的软肋：“大成，上午太忙了，没看到有未接电话。”“爸，你的事成了！明天就能签合同。”“我，我再想想……嗯……考虑考虑！我这边和你二孩叔有点急事，回头再说吧。”“好的爸！”近群把手机塞给媳妇，带二孩出了门。二孩扽了下近群的袖子：“啥好事啊？”近群一甩胳膊：“关你屁事，先把癞子的事处理好喽！”

二人离开院门没多远，近群的手机响了，铃声很大，近群竟没听见。二孩又扽了扽近群的袖子，近群不耐烦了：“都说了，不关你屁事！”二孩指了指近群的裤兜，提高了嗓门：“手机响了，来电话了！”近群一激灵：“叫魂呢，那么大声干吗？”他随手拿出手机，把屏撤得有二尺远才看到是镇里的办公室打来的。他用手指戳了好几下屏幕才打开接听键，原来镇里要召开股田制推进调度会。近群瞅瞅二孩，二孩早已听到了：“书记，你先到镇上开会，我自己到地头看看，回头再说。”二孩急匆匆地留下个背影，院门前只留下近群转身小声嘟囔着：“真老了？眼花了，耳朵也背了？”

近群媳妇看近群一个人又回来了，赶忙把他拽到屋里想给他说说孩子电话中的事。近群哪有时间了，忙叫媳妇找“老头乐”的钥匙：“抓紧时间，镇里开会，要晚了！”媳妇一把把他推到镜子前，近群往后退两步这才看到碘伏一绺一道的流在了眉毛上。他赶紧让媳妇把额头收拾一下，媳妇用了两个创可贴才把伤痕遮住了，但怎么看都觉得可笑。近群连笑的时间都没了，“老头乐”一溜烟地跑到了镇政府。

镇会议室已坐满了人，镇领导一码虎着脸。近群低下身子在门边捡个空椅子坐下。正在讲话的陈书记一眼乜到了他："张书记，请到你的位子落座！"近群看着其他的村支书也都呆着脸，心里七上八下地找到了自己的位子。陈书记先后表扬了七八个村，也批评了五六个！他严肃指出，在股田制推进工作中，个别村工作不积极，认识不到位，方法简单、粗暴，为完成任务而完成任务！没有把改革上升到乡村振兴，让农民致富的高度……

近群小心翼翼地对照陈书记的批评，感觉哪一条都是在批评他。但出乎他意料的是，他这个指标落后的村竟没被点名，近群长吁了一口气。

近群随着散会的人群往会议室外溜却被镇办主任叫住了："张支书会后请到陈书记办公室！"近群的心一下忐忑起来："这是要单独批评啊！还好，陈书记还给我留了点老脸。"

近群一只脚刚迈进陈书记的办公室，陈书记就忙起身给近群倒水。近群这才感觉到渴了，中午回家没来得及喝水，饭桌上干了一碗米饭也没喝水，火急火燎的赶到镇政府，也没喝水。他像牛一般恨不得把嘴都埋进了杯子里。陈书记笑了，想起身再给他倒一杯，近群赶紧起来自己续了一杯。

近群打了一个水嗝，赶忙检讨："陈书记，我一定按时完成镇上的推进工作！"陈书记看着近群的额头，关心地说道："先不谈工作，你的头咋破的？要不要到镇医院看看医生？"近群摆了摆手，还想起来表态。陈书记也冲他摆摆手，示意他坐下："听说你养了一个有出息的儿子，能不能也替我找份工作啊？"近群一愣："我……我……你……你？""我怎么知道的是吧，令公子的名头谁不知道？嫂子的电话早就打到了我的办公室！想辞职自己不好意思说，让你媳妇找我？”这可把近群冤枉死了，他从来没有让他媳妇给陈书记打过电话，只有委屈的在沙发上直摇头！

陈书记看到沙发上默不作声的张近群：“近群哥，在这关键时刻，大许不许你走，房亭不许你走，我也不许你走，房亭的一百多位党员也不许你走，房亭的一千余百姓更不许你走……”近群还有个软肋，就怕陈书记喊他近群哥，一声哥把他喊的从头酥到脚，心里头有委屈一时竟不知从哪诉起：“陈书记，我老了！”说着话，近群憋屈的眼泪夺眶而出。

陈书记起身拍了拍近群的肩膀：“近群哥，人老了，但我们的初心不能老，我们的使命不能老！你的背后有党和政府，你的身后有房亭村的一百多名党员！他们是你的眼和耳，更是你的大脑！”

近群好像一下清醒了许多：“陈书记，只要房亭的百姓还需要我，我儿给我找再好的活我都不走，以后别再笑话我喽！”陈书记满意地点了点头，起身想送近群，待追出门只看到近群的影子，陈书记摇了摇头：“真是个急性子！”

“老头乐”已不似来时那般风驰电掣，它晃晃悠悠，仿佛边走边思考：癞子这孩子也蛮不容易，小时候家里面穷，头上长了癞疮，没钱医，人都快四十了，头上还留有儿时别人的嘲讽！他似乎并不是不讲道理，只是遇到事情特别的强势，总想扳回一城，这应该和他小时候的经历有关系吧？癞子饶是近了四十，仍一事无成，一个种地的农民，拿什么资本去和王总的资本讲道理呢？明天要和这小子好好地拉拉呱！近群的思路逐渐打开。

近群本想到地头去看看，但“老头乐”还是不自觉地拐进了村委会。他让二孩组织召集六组的党员到村委会开会，二孩不敢怠慢赶忙打电话一一通知。近群向到会的党员通报了股田制改革的推进速度和本村的工作进展，将癞子出尔反尔的无常行为也通报给了他们。党员们热烈地讨论，他们既肯定了村委工作，也十分同情癞子一大家人。如果癞子的思想工作做不通，他们一大家的十八亩地也就是横亘在房亭村股田制改革路上的一座山。二孩组长也慢慢地认识到自己的工作简单了些，粗暴了些。他和癞子是一个组的，从小光屁股长大，癞子内心深处渴望人们尊重他，渴望有额外经济收入来提高他家的生活质量。可二孩没那个能力帮他，二孩把乞求的目光投向了支书。近群把十几双眼睛一一读了个遍，自己的目光更坚定了起来！

近群晚上到家时，媳妇已靠在沙发上睡着了。灯还亮着，但饭菜已凉了。他轻手轻脚地走到饭桌前，想吃口垫吧垫吧。他刚一吧唧嘴，媳妇就醒了。媳妇轻车熟路地进了厨房。看着媳妇忙碌的身影，近群路上想好的责备都和着饭菜咽了下去。媳妇给陈书记打电话也是为了他好，谁家的媳妇不疼自己的男人呢？

等到收拾好碗筷，蚊子都开始向纱帐的方向嗡嗡起来，近群也像蚊子般在媳妇的耳边嗡嗡起来，闹腾了半宿，媳妇终于枕着男人的嗡嗡声甜甜地睡去。枕边空余近群还在编织着谎言，明早该如何去说服儿子用癞子这个“狸猫”去换他这个“太子”呢？

日记里的故事

朱孝伟

1948年11月12日至22日，淮海战役第一阶段，中国人民解放军华东野战军将国民党黄百韬第7兵团合围于碾庄地区。为了全歼第7兵团，完成对徐州的战略包围，华野7纵奉命在大许家西北面的麻沟村阻击国民党邱清泉、李弥两个兵团东援黄百韬之敌，经过十多天的激烈战斗，全歼第7兵团，黄百韬被击毙，我军7纵伤亡惨重……解放后部分烈士遗骸被亲属迁葬，剩余的安葬于朱庄烈士陵园。

——引自大许镇朱庄烈士陵园无名烈士墓碑碑文

日记一　1948年11月初六　天气晴

再过两天哥哥就要结婚了，我们全家早就忙起来了：我娘磨面，我爹做豆腐，我帮二叔杀猪，三叔去沙庄请厨子，明天晚上我还要去栗园嫂子家送喜对子。哎，这都是我哥的活，可

是他人还在徐州西的队伍上，连个影子都抓不着。娶媳妇都不积极，也不知道他怎么想的。（日记作者为朱庆海——引者注）

日记二　1948 年 11 月初十　天气多云

昨天总算把媳妇娶进家了，忙前忙后十几天，把一家人也累毁了。长年不在家，按理说这几天我该在家里好好陪陪家人，尽尽孝心，只是任务紧急，队伍已经开始集结，听说还是一场硬仗，我作为班长，请假说不过去，明天必须归队。下午跟爹娘说了，他们气得直骂我，媳妇也偷偷掉眼泪，晚上还是一起帮我把衣裤收拾好了，娘还往我裤兜里偷偷塞了两个熟鸡蛋。（日记作者为朱庆源——引者注）

日记三　1948 年 11 月 18 日　天气晴

这几天头顶上嗖嗖飞过的炮弹比蝗虫还多，中央军的飞机扫射，把俺家后院子碗口粗的杨树都拦腰炸断了，锅屋也给炸倒了，这些龟孙羔子！娘跟嫂子念叨，听说俺哥的队伍就在十里外的麻沟，麻沟庄后的运河沿上，死人都堆成垛了。俺爹整天一句话没有，只是闷头抽旱烟；俺娘眼泪都哭干了。倒是没听见嫂子哭，就是天天眼肿得比油桃还厉害。俺哥，后天就是你 18 岁生日了，全家都希望你平安！（日记作者为朱庆海——引者注）

日记四　1948 年 11 月 19 日　天气阴

这三天战斗异常激烈，7 兵团的武器真他娘的厉害！上面的飞机一会一趟，从西边压过来的坦克旅一波又一波，冲锋连，集束爆破炸弹，战士们伤亡太大，我们兄弟连还剩不到两个班，我们班现在也只剩我和小济南两个人了。我不怕！只要还有一口气，就不能让他 7 兵团靠近黄百韬！老乡们好样的，送吃的，运弹药，也累得不轻！（日记作者为朱庆源——引者注）

日记五　1948 年 11 月 21 日　天气多云

今天白天看到队伍从大许刘鹿经过俺朱庄往东去了，说是去杀黄百韬的主力。战士们衣服没有一个是整齐的，俺娘俺婶子她们都端着吃的喝的在路边等着，俺这些劳力直接帮忙推独轮车带着粮食跟部队走了。俺嫂子在路边站到最后也没看见俺哥，一个个烟熏火燎的十几天了确实不好认。（日记作者为朱庆海——引者注）

（以上日记选自《淮海战役徐东阻击战史料汇编》）

日记六　2022 年 8 月 1 日　天气晴

今天本来跟几个同学约好了要去云龙湖游泳的，因为马上就要开学了，再不聚就没有时间了。可是父亲态度坚决，必须让我带着录取通知书跟他到淮海战役烈士纪念塔去一趟。说实话，淮塔我去过不知道多少次了，可是不行！不知不觉，父亲也老了，上纪念塔的台阶需要我搀扶着了。来到塔北的烈士名录旁边，父亲一点点往前挪，径直走到朱姓前面，抚摸着“朱庆源”三个字，一字一顿地告诉我：“记住，这是你近房大爷爷，才 18 岁，没有后。以后去祖坟烧纸，多给他烧点。”我心里咯噔一下，暗自握紧了中国人民解放军陆军装甲兵学院的通知书……

实力大许

拔节生长的大许

李继玲

初夏，中国版图的最北方还是碧玉妆成一树高，徐州大许镇的乡村四野里，已是瓜田李下，蒜香浓郁。6 万亩的地头中，蒜农们穿梭其间，在劳作中收获着丰收的喜悦。

不远处，有屋舍俨然，有徐洪河水，房亭河有枝繁叶茂，有姹紫嫣红……

作为地理概念，地处铜山区东部的大许镇，南连单集镇，西邻徐庄镇，东接邳州碾庄、八义集，北拽贾汪塔山、紫庄镇。

作为发展蓝图，大许喜事连连，先是荣膺江苏省人民政府重点扶持，鼓励发展的东陇海产业带中心；接着作为徐州市重点发展的农业大镇，大许南站一期预留工程已与连徐高铁同步建成，并为彭城建设高铁快运物流基地预留接轨条件。

如今的大许，是徐州历史上变迁最大的时段，它的发展领域不断向东西南北扩展，它的产业链也在以加速度不断奔跑。

大许，以只争朝夕的速度，在乡村振兴的土地上，拔节生长。

一、草莓有约

阳春三月，特别是周末或假日，板桥村游人如潮，因为这里的草莓有约了。

一排排大棚整齐划一，阡陌纵横，占据了板桥村的半壁江山，一个个草莓闪烁着红润光泽，鲜艳欲滴，挂满枝头，慕名而来的游客，在上百座草莓大棚里穿梭，体验着采摘的快乐。

温暖的泥土中，草莓的味道在一片绿荫一点猩红的草木间逡巡流溢，散发着鲜嫩软糯的香甜；牛奶、菠萝、玫瑰香、红宝石，多种口味任你选。

大许的草莓有约，缘于一段励志的故事。

原来的板桥村是一个典型的贫困村，老百姓一茬小麦一茬水稻土里刨食，可撑不着也饿不死的日子又让他们感觉生活无望。田地里，背离故乡打工的年轻人越走越远，剩下的只有坚守乡村的中老年人在土地里死磕。

这一天，返乡能人，党员中心户赵新华坐在刚刚收获完毕的麦田里，陷入了沉思。

夕阳西下，沿着麦草的光影，沿着枝繁叶茂的树影，沿着大许的版图，一点点坠落在绵延的房亭河畔，一如赵新华斑斓的心思。改变贫穷，拒绝平庸，大不了重新种稻子！

他坚信糟糕到极致，就是否极泰来，就是欣欣向荣。

“乡村要振兴，产业必先行”，带着外地成功的经验，他和一群志同道合的面孔，带着改变乡村面貌的憧憬，开始在温室试种草莓，全过程一丝不苟、尽心尽力。

功夫不负有心人，收获的季节里，色香味俱佳的草莓，既是当地采摘旅游的宠儿，也是发展现代农业的新亮点，致富花。

村党支部迅速召集商讨、通过，一个以群众增收为核心，积极调整产业结构，大面积发展大棚草莓种植的计划悄然启动。

含苞的思想在飞翔。从此，在400余名返乡就业果农的生活中，2300余亩草莓一如轴心，很多个日子都围着它在转。

太阳升起来了，果农黝黑而粗糙的脸庞，草莓一样泛着红光的笑容，在春光里荣归，绽放。

二、村播驾到

“下单了！下单了！农户家自己种的草莓，纯天然无公害，不仅口感好，而且还能够补充营养……”

大许镇板桥村村民赵新华一边在直播间吆喝着，一边不停地端着草莓从各种角度进行拍摄，一场直播共吸引了1530人次观看。

不到半个小时，数百斤草莓全部销售一空。

镜头外，庭院内，一箱箱辣椒、大蒜、草莓在村民们手中被一一打包，寄往全国各地，直接拉动了上百家农户的经济收入，很多人也通过这些物产，认识了这个美丽乡村。

村播驾到，就像一股风，吹进了大许镇，激活了一池春水；

“村播带货”，如同长了翅膀，成为挂在村民嘴边的念想和期待。

坐落在大许的徐州东部新城数字经济产业园电商平台，这个集产品展示、直播孵化、培训、带货等功能于一体的产业园区，是“村播带货”的孵化基地，通过构建“新农人培育＋供应链整合＋流量带货”的村播营销新体系，打造“红色村播”特色党建品牌，让村播成为大许镇乡村振兴的一张金名片；通过培训打造本土更多的“新农人”、新网红，使特色农产品畅销“云端”，带动更多的百姓致富。

因为“村播带货”，大许镇板桥村赵新华多了一个“金嗓子”的称号；

因为“村播带货”，横山村返乡创业青年党员赵士旭打开了羊肚菌的销路。追光从直播间汇聚，而后散发，擦亮了新生活的渴望，唱起致富之歌。

1948 年，著名的“徐东阻击战”在这里打响，建成于 1921 年的大许家火车站目睹了这场战役的惨烈。红色的土地上，斑驳的弹痕镌刻了一孔孔故事，在岁月里讲述英勇的过往。

大许不语，亦了然于心，是它，见证了历史的悲欢与枯荣，留下一片片奋斗的底色，深嵌于这里的泥土中。如今，让梦中的飞翔找到了落脚点。

“为有牺牲多壮志，敢教日月换新天。”夕阳西下，大许的街道、学校、田垄、河流、公路上，笼罩着一层金边，从这里，你能感受到大许拔节生长的声音和步履。

乡村振兴更美好的未来，正在路上……

走在洒满阳光的期许之地

刘振坤

初夏时光，大许镇人流如织，绿荫如织的干净街头笼罩在一片明媚的阳光之中。

透过百年哥特式教堂那特有的尖顶，可以看到蓝天中几只自由自在飞翔的鸟儿正享受着她们眼中的好光景。或许不止鸟儿作如是想，比如正行走在大许街头的我，亦感觉到自己正被某种浓郁的气氛所包围。我知道，那是久违了的与乡镇风情再度重逢拥怀时的喜悦、满足与感恩。不仅如此，在这样的重逢中，还有自周围田野飘来的成熟麦子的味道，大蒜的味道，草莓的味道，甚至是鲜花盛放时特有的味道……而当我沿着并不宽阔的街道不由自主地走向百年大许家火车站的围墙时，那一刻突然明白自己正走向时光的深处，走向大许家的深处。

一、百年历史孕育的红色土地

时间，1921 年春。

一声由远而近的汽笛声彻底打破了大许家车站周边的宁静，

让那些前来一睹火车真容的老百姓兴奋到了极点。“快看，来了，火车真的来了。”这是在陇海铁路徐州至开封段开通五年之后，徐州至新浦段铁路开通时的一个历史性镜头。由此，原本默默无名的大许家，开启了其具有现代化意义的历史进程。

铁路的开通，进一步缩短了大许家与外部世界的距离。

而就在一次次起伏跌宕的汽笛声里，枕着铁路线的大许家，不断地走进历史的滚滚洪流之中，并注定要被那些难以寻常的大小事件所洗礼，所淬炼。

1921 年，当法国籍谷春生神父再次乘坐火车来到大许家时，一个经过两年多建设并崛起的雄伟建筑——“大许天主教堂”昂首屹立在火车站不远处。由此，洪亮的钟声与尖厉的汽笛声此起彼伏，共同构建起大许家车站附近老百姓新的日常。

就在这一年的 11 月份，陇海铁路全线举行大罢工，得到消息的大许家火车站工人积极响应，以刺破天空的汽笛声表达自己对于黑暗势力的愤怒。由此，红色基因在大许家的土地上扎下了根。

1938 年 5 月，为了不让车站内近百节车厢的枪支弹药、大米、面粉等落入日寇之手，朱庄村青年朱太刚发动几百名群众冲进火车站，把大米、面粉、食品等抢运出去，发给群众，以帮助当地农民度过春荒。这之后，朱太刚积极组织抗日武装，募款购置枪支、长矛大刀，并于 1941 年光荣地加入了中国共产党。

当历史的脚步来到 1941 年的最后一天，大许家迎来了抗战以来最惨烈的一天。是夜，盘踞在大许家火车站、八义集车站据点的日伪军500余人发动突然袭击，造成包括单集区区长张立纯及区队战士朱庆新、朱庆海、朱从玉等（均是朱庄村人）60余人壮烈牺牲。这一史称“樊楼惨案”的重要事件，一时间让大许家的仁人志士陷入深深的悲壮之中，同时也让大许家的红色印迹更加深刻。

白雪皑皑，寒凝大地。

当决定民族命运的淮海战役于1948年11月6日打响之后，大许家一带遂成为阻止黄百韬兵团西撤的副战场。11月12日，驻徐州国民党军邱清泉、李弥两兵团四个半军的兵力紧急东援黄百韬兵团，人民解放军则以8个纵队的强大兵力阻援，将敌东援部队牢牢阻挡于大许家以西地区。因为这场阻击战，大雪覆盖下的麻沟、朱庄、邵楼等地成为两军争夺的要地，但在人民解放军的顽强意志以及当地百姓的支援下，国民党部队硬是没能越过西探南北一线。多年以后，军事史学家们将这场战役命名为“徐东阻击战”，大许家的这片土地因为这次战役又一次被众多烈士的鲜血染红。

英雄的土地，必将孕育出勤劳奋进的人们。

当硝烟散去，大许家人在一片凋敝破败中开始了新中国建设的漫漫征程。尤其是改革开放后，大许家人如沐春风，凭着胆识和智慧，将大许家从一个纯粹的农业镇，建设成为以农业为主，工贸服同步发展的新型小城镇。2022年，实现地区生产总值46.8亿元，财政总收入6642万元；完成3400万元一般公共预算收入考核任务；完成工业应税销售收入4.35亿元；完成进出口额3.2亿元；实际利用外资460万美元，超额完成全年区对镇下达的各项经济指标任务……

在全面建成小康社会、迈向宜居宜业小镇的新征程上，大许人并没有忘记那些为新中国成立而英勇献身的先烈们。

1988年10月1日，朱庄烈士陵园建成，用以缅怀在抗日战争中英勇牺牲的英烈们。2011年6月，又将原就地葬于邵庄的徐东阻击战部分烈士转移到此。1989年，在沙庄村又建设了占地面积450平方米的烈士陵园，用于安葬附近村的20余名淮海战役期间牺牲的无名烈士。

青山不老，英魂永存。

这两处烈士陵园早已成为远近闻名的爱国主义教育基地。而大许人必将在这片血与火洗礼的大地上，一代代将红色基因传承下去，并在那些有名或者无名烈士大无畏精神的感召和鼓舞下，为小镇的美好明天踔厉奋发，永不懈怠！

二、产业为王的转型升级之路

什么样的路才是成功之路?

若要寻找答案，或许可以去大许镇的街头巷尾、田野阡陌走走看看。正是在那里，随时随地都能感受到那种百业兴旺的时代气息，以及洋溢在大许人身上的自信与自得。

“一年来，面对产业发展的当务之急，我们坚持转型升级、克难奋进，发展质效稳步提升。”这是大许镇的当家人陈北京在2023年全镇党员干部工作总结大会上所发出的铿锵音调。

从草莓红，到菊花黄；从玉米黑到大蒜白；从农产品加工业到机械、电子制造业，乃至最时髦的数字经济，大许镇的产业发展、转型有着十分清晰的路径。

就说“草莓红”吧，它完全是一个能人返乡的当代故事。

赵新华，现在的身份是党员中心户、铜山区人大代表，但在返乡之前，却是一个因为受不了穷而在 1994 年高中一毕业就走出大许街的知识青年。17 年的吃苦耐劳，17 年的不懈追求，17 年的诚信守法，让他的钱包变得鼓鼓的。2011 年，当他听说老家还有部分流转土地没有人接手时，毅然回到老家板桥创业，并于 2012 年冬建起了 8 顶大棚，实现了当年建棚当年收回全部成本的良好效益。作为一位对市场异常敏感的经营者，在看到了种植草莓这一巨大商机后，他还主动联系那些有此想法的左邻右舍联合起来在温室试种草莓并大获成功。随着老百姓尝到了甜头，板桥村党支部因势利导，决定将赵新华大棚草莓的产业发展模式加以推广。于是，在“集体领办、党员带头、中心户指导”这一模式的引导下，板桥村草莓种植面积迅速发展到 2300 余亩，吸纳 400 余名农村劳动力返乡就业，助力 20 余户低收入户增收，成为铜山东部片区最大的草莓种植区，树立起经济薄弱村逆袭为小康富裕村的典型。

当然，大许镇产业发展的故事远不止“能人返乡”一例。

成立于 2016 年的江苏农爱田生物科技有限公司，经过多年发展已经成为集科研开发、种植、加工、储存、进出口贸易于一体的国家级农业产业化龙头企业。如今，这一占地 2 万余平方，拥有 6 条保鲜产品生产线及 16 座大型恒温库的企业，以其 4 万余吨的储存量位于同行业前列。靠着科技支撑、市场引领、资本战略，公司已经发展为国家级农业产业化重点龙头企业、江苏省重点物流企业、江苏省出口示范基地企业、江苏省农业科技型企业、江苏省数字农业农村基地企业等具有10多个名头的现代化新型产业……其经营的大蒜、辣椒、生姜、洋葱、胡萝卜等农产品业务涵盖欧洲、东南亚、南美、非洲等20多个国家和地区。

看一看它的发展轨迹吧!

2017年，农爱田科技有限公司在江苏省股权交易中心成功挂牌,并成功地在印度尼西亚成立了境外分公司。

2020年销售额28050万元;

2021年销售额30381万元;

2022年销售额33395万元，出口创汇超2100万美元，在铜山区出口排行榜上位居前列。

“农爱田·润家园”，这一充满诗意的品牌正一天天走向世界。对于她的当家人付宝华来说，“农爱田·润家园”不仅是他孜孜追求的诗与远方，更是让大许镇，铜山区，乃至于徐州市的外向型经济向着更深更远的世界不断前行的广阔舞台。

农业产业化发展如此，那么工业呢?

就像陈北京所表达的那样，“全镇坚持‘项目为王’理念不动摇，围绕重点产业和重点领域实施精准招商，通过以商招商、以地招商、平台招商等形式，吸引更多有实力的企业家来大许投资兴业……”今天，当你走进东兴机械电子加工集聚区，一座座标准化厂房在阳光下熠熠生辉。比如江苏健荷生物科技有限公司，已经发展成规模企业，年产值达到5亿元以上；徐州硕勤机械制造有限公司，厂房建设正在如火如荼地展开，再有几个月时间，生产线就将开启。还有江苏正浩宠物用品有限公司，几经发展，已成为铜山区最大的宠物食品、宠物用品生产加工基地。

当然，如果你要写大许，就不能只写大许，你还要写她的数字经济产业园。正是它的建成，让一个融合“新媒体＋电商”两大理念、“线上＋线下”两大渠道，以直播带货打通销售堵点，以新商业模式促传统产业转型升级的新业态全面形成。一个数据或许可以说明一切。2022年，大许镇借力数字经济产业园的直播带货，实现网上销售达1亿元以上。

如果有一天你走进大许镇，千万不要惊叹于这个传统农业镇的巨大变化。因为这种变化，是大许人向着更美好未来前进的内生动力，更是发乎内心对幸福生活的自觉追求。

三、解密百姓美好生活的密码

“我在这里很好，很满足，很幸福。你看，我能吃两个馒头呢！”

这是我在大许镇教堂后面的“天佑之家”安老院目睹到的一个日常景象，已到耄耋之年的张大爷在午阳下笑得合不拢嘴，那情景，充满了亲情般的温暖与满足。

无独有偶，有一次，当我经过位于街心的邮储银行门口时，忽然遇到几个刚刚办理完业务的农民朋友，通过他们简短而默契的对话，听明白是几位蒜农刚办理完存款业务。迎着他们的微笑，我友好地问道，今年种蒜又发了吧？望着我，一张张朴素黝黑的脸庞笑而不答，那意思是你不都看到了吗……

当然，并不只是张大爷和那些蒜农拥有着如此幸福满足的感觉，经过近年来跨越式、高质量的快速发展，越来越多的大许人明显能感到自己所生活的土地正变得越来越具有吸引力，在生活变得十分惬意的同时，周围的环境更加友好舒适。更重要的是，大许人的精气神似乎从没有像今天这样充足。

“面对人民群众的急难愁盼，我们坚持执政为民、实干惠民，人民生活更有质感。社会事业解锁‘幸福密码’。公共服务标准化水平不断提高……”

那么，在陈北京报告里所提到的“质感”和“幸福密码”到底意味着什么呢?

一组组简洁明了的数据或许能够回答这个问题。

2022 年，大许镇全面实施老旧小区消防通道、道路改造，在加强绿化、美化、亮化的同时，安装交通信号灯 5 处，安装路灯 3020 盏，为镇区的老百姓出行提供了极大方便。

投资1200万元实施高标准农田建设4000亩；户户通工程建设 9.98 公里。两项工作的顺利完成，意味着老百姓从土地里获得的收益将变得更多，渠道也更加顺畅。

厕所革命作为新农村建设的一项重要内容，历来都是难啃的硬骨头，但大许镇的一方主政者硬是迎难而上，集中 5 个行政村实施户厕整村推进改造提升工程，探索运用“十个一”工作法推动户厕改善达标 2057 户，信息管理平台录入率 100%，消除旱厕2000余座，新建公厕17座，让原本被广泛诟病的如厕难题得到彻底改观。

为了保障老百姓的土地权益，全镇大力推进节约集约用地

“双提升”，强力推进违法用地专项整治，拆除违法建筑29处，整改率97.4%。

针对镇区拥堵、停车难等问题，镇政府科学进行道路渠化，增加停车位；为保护好碧水蓝天，新建微动力处理泵站37个，投资4200万元对大许污水处理厂进行扩建，镇区污水管网覆盖率超过95%。

另外，镇党委政府还深入开展“大排查大整治大提升”专项行动，全面完成18183户走访任务，共排查困难群众14类2791户。与此同时，积极做好特殊困难群体救助工作，2022年救助各类群体3321人次和1183万元。

老有所养、病有所医对于老百姓来说是最基础的东西，为此，大许镇党委政府积极完善各类保障体系，共发放养老金14624人次310.2万元；申请就业困难人员社保补贴93人次；申请“失业补助金”补贴23人次；完成绕城高速被征地农民参保1596人次。

教育兴，则民兴。全镇小学教学质量再上新台阶，荣获全区考核一等奖；中考成绩再创辉煌，连续两年铜山中考状元花落太山中学和大许中心中学；大许高中再创高考奇迹，本科上线456人，本科上线率近90%。与此同时，健康大许建设得到实质性的进展，卫生院提档升级，6个村级卫生室标准化建设全面完成，积极鼓励农户购买“防贫保”，健全防贫返贫长效机制，乡村公益医疗互助试点项目共有44698人参保，农户自筹资金134.1万元，群众参与率达60%，居全市第一。

为了壮大集体经济，为老百姓提供更坚实的社会保障，大许镇努力实现公共空间治理产出效益最大化，全年共收回集体土地 3538 亩，在 9 个村成立了土地股份合作社，平均每村每年增收 10 余万元……

数字是枯燥的，但数字的背后却浸透着众多大许人的辛勤汗水和无穷智慧。在这里，有必要对“党建+股田制”这一振兴集体经济的有效机制多着墨几句。

众所周知，集体经营性收入偏低在大多数乡镇颇具共性，但在大许各村更加普遍，就全镇23个行政村看，平均只有26万元左右，仅高于个别镇，在全区明显处于落后位次。

正像一个贫困村的支书所吐槽的那样，“有时，当你真想给群众办点实事时，却拿不出钱，你说该怎么办？丢人哪！”

怎么办？经过深入基层，开展专题调研，深入讨论，全镇上下终于达成了共识：即在地下无能源，地上无资源，且区位偏远的各村，要实现集体致富只有在土地上做文章，而“党建+股田制”便是最好的路径。一个最好的例子是房亭村。自实施“党建+股田制”以来，集体流转土地已经达到800亩。“不瞒你说，在我们房亭村，只要是你能够想得到的文化活动、群众福利，我们几乎都享受到了。”实践者的声音，或许是最具权威性的。由于这一机制的创新性、有效性，截至 2023 年 2 月 10 日，全镇已签订合同 3800 余亩……

可以期待，一个集体经济不断壮大的新大许即将破茧而出。随后而至的，必是大许人更加美好幸福的生活。

四、期许之地的美好未来

十年树木，百年树人。

对于履新大许镇尚不足一年的当家人陈北京来说，他总是感觉时间不够用。疫情防控，企业纾困，社会维稳，生态环境，企业发展，调研，走访，研究，会议。总之，他不是走在加班回家的路上，就是走向加班的途中……

“说实在的，别看我来大许时间不长，但对于大许存在的问题还是有着比较清醒的认识的。比如，产业基础依然薄弱；比如，集体经济对高质量发展的支撑还不够强大；还有许多历史遗留问题所导致的社会稳定等棘手问题需要化解，等等。因此，要想在短时间内赶上第一方阵，成为经济大镇、经济强镇，必须大破大立，勇于担当作为！”这一刻，十一点多的阳光透过不远处的玻璃偶尔会投射到表情刚毅的陈北京脸上，在我以为，那或许正是某种提醒。

事实上，在他的脑海里，关于大许镇未来的图景一幅又一幅，其中有一幅色彩斑斓的图景，可谓是他经过无数次思考后得到的一幅精神图腾——大许之“雄狮”精神。

何谓雄狮？何谓雄狮精神？

如果打开一幅徐州地图，便可以发现，大许镇位于整个徐州的中心点。如果再仔细观察，试着沿大许镇的边界线画个草图的话，一只昂首挺胸的东方雄狮便会刹那间映入眼帘……

“之所以喜欢大许，就因为大许有着雄狮般的模样。当然，更因为在这片雄性的土地上，始终充溢着一股正向的能量，催人奋进、不敢懈怠的精神力量。”

陈北京的话并不是随意说说，在他的内心深处，早已把自己和大许，把自己的未来与大许的未来牢牢地绑在了一起。因为此，他为大许的明天描绘了更多的图景与路径。

——产业发展突破年。通过这一抓手，进一步做强做优做大各类产业，向农业要质效，让工业增利税，助服务业展活力。

——人居环境深化年。进一步打造宜居宜业优美市镇，健全完善农村人居环境长效管护机制，着力优化全镇山水、田园、村落等空间要素，全面深化公共空间治理，全力加快文明风尚提升，让文明乡风、良好家风、淳朴民风在全镇蔚然成风。

——遗留问题化解年。根据“一核一环一城五大片区N镇”的总体布局，高标准高起点推进镇村综合配套设施建设，着力构建社会矛盾全链条调处体系，加快推进共建共治共享的基层治理新格局树牢安全发展理念。

——干部素养提升年。要让全镇党员干部按照“缺什么、补什么，用什么、学什么”的培训思路，坚持“实用、实际、实效”的原则，多措施提升村干部整体素质，以“线上+线下”“课堂+现场”等形式多样、内容丰富、实用性强的高质量培训，切实增强干事创业的本事和能力。

——体制机制创新年。建立学习查摆机制，强化检查督导机制，坚持以人民为中心的发展思想，千方百计增进民生福祉，聚焦群众“急难愁盼”，让“今天再晚也是早，明天再早也是晚”的意识深入人心，以干部的“辛苦指数”换取群众的“幸福指数”。

——组织建设提质年。以理论武装提质为突破口，打造一支“有情怀、懂产业、能致富、敢担当”的基层党组织带头人队伍，持续深化“我是书记、我当表率、我是干部、我当楷模，我是党员、我当先锋”领航行动……

有人对此可能不服气，这会不会只是纸上谈兵呢？还是用数据来说话吧！

以产业发展为例，在陈北京的设想中，2023年将努力建设成以大蒜为主导产业的国家“一村一品”示范镇，10亿元特色产业镇，申报“大许大蒜”国家地理标志证明商标。同时，23个村全覆盖、超万亩实施“党建+股田制”项目，稳定提升村级集体经营性收入，筑牢农业大镇向农业强镇迈进的厚实家底，积极带动大许镇农业向规模化、集约化、高效化发展。

如果再完成不少于2000座户厕新建改造的任务呢？

如果在2022年受理信访案件131件、已化解125件，化解率95.4%的基础上，再将化解率提高一两个点呢？

如果再努把力，将全镇所有的村党群服务中心提升到B级标准以上，完成板桥村、郑庙村C级村党群服务中心的建设呢？

如果将目前的传统大讲堂升级改造为来英（狮子英文汉译）大课堂，以雄狮的精神引领全镇党员干部提振士气、提升能力、提高水平呢？

当一个个图景如期展现，大许人的日子一定会更上一层楼！

五、结尾的话

彼得·海尔说：历史是一出没有结局的戏。每个结局都是这出戏的新情节的开始。一个经过百年前汽笛声喂养过的小镇，一个沐浴着东西方文明相互碰撞交融中的小镇，一个如雄狮般占据着独特区位优势且洒满英烈鲜血的红色小镇，必将在新时代的大道上开启自己更豪迈的新征程。

以文化的名义，壮行

刘小失

大许，是铜山区的一个镇。

明洪武年间，山西洪洞县大移民，有许氏人家在铜山地界落户建村，起名“大许”村，在历经1000多年的发展变迁后，成为现如今的铜山区大许镇。

回首大许镇的发展之路，文化在其历史嬗变的过程中，激发出了极大的内生动力，并起到了潜移默化的作用。

一、儒家文化的传承

“千年礼乐归东鲁，万古衣冠拜素王。”

“千古文明集大成，悠悠玉振伴金声……”

蓓蕾初绽的5月，大许中学全体高三师生在孔子的故乡曲阜身着汉服，诵读古词经典，感受传统儒家文化，追寻光辉先哲思想。

鲁哀公三年（公元前492年），孔子周游列国，离开卫国、曹国，抵达宋国的彭城。驻足吕梁洪边，目睹“悬水三千仞，流沫四十里”的壮观景象，留下“逝者如斯夫，不舍昼夜”的千古名句。传说，当其途经大许古邑，正饥渴难耐时，忽然听到一阵泉水的声音，子路循声而寻，看到了一眼清泉，赶紧掬起一捧水，奉至老师面前，由此留下“泽贤井”的美好传说。

儒家文化作为中国几千年来传统文化的思想精髓，其内涵博大精深，概括来说大致为“仁、义、礼、智、信、恕、忠、孝”等思想。大许中学将学校教育与儒家思想紧密结合，以儒家文化开启学生心灵的殿堂，在潜移默化中培养学生真、善、美的道德情操。

仁，即仁爱，是孔子思想的原发点，儒家思想核心之核心，也是孔学社会政治、伦理道德的最高理想和标准，对后世影响甚为深远。大许中学将“仁爱”的教育融入了学校教学，育人为本，德育为先，推动学生品德的养成和高尚人格的发展。如高三（5）班学生谢旭因同学张驰腿部肌肉严重萎缩，无法行走，谢旭主动提出背他上下课，从宿舍到厕所，从教室到食堂，三年来驮着背上的兄弟，风雨无阻，迈出了 40 万个阶梯，走过了 1000 多个日夜。繁忙紧张的学习之余，谢旭还帮着张驰打饭、洗衣服，成为同学心中的“好兄弟”，校长眼里“最美的学生”，被评为江苏省十大美德好少年，入驻徐州塑像“好人园”，完美诠释了学校提倡的“仁”字精神。

礼，为礼法。在中国封建制时代，礼法有着广泛的约束力，不仅庶民，君主王臣均在礼法的约束之内。在现代，礼的习俗渐渐少了，为了让儒家文化的“礼”字传承下去，大许中学将“拜师礼”作为学校的重点校本课程，每年都举办拜师礼和新老教师结对子活动。正如文章开头所讲，学生身着汉服，怀着对圣人对师者的敬畏之心，行揖礼、听师训、诵经典、明心志。通过古礼体验，懂得尊师重道、铭记品行端方。

大许高中有优良的艺术教育传统和深厚的艺术教育基础，以开设音乐、美术选修课为切入点，培养学生不同的爱好兴趣，针对艺术特长生制订专门训练计划。近五年来，有 200 多名学生在县、市、省及至全国性艺术大赛中获奖，为高校输送 500 余名艺术生，部分学生被中央美术学院、南京艺术学院等高校录取。彰显了“义者，人所宜也”，形成“每一个学生都会成材”的教育风格。全校有近千名学生在数学、物理、生物、计算机等国家、省、市级、奥赛中获奖，还有一直被人们津津乐道地考入清华大学物理系的孙龙，中央美院的王丽，铜山区中考状元张琰佳……也较好地说明了大许中学是“启蒙开智木成林”的文化传承之地。

二、革命文化的弘扬

大许还是一片革命热土，流淌着红色的革命基因，厚植着高昂的爱国热情。

1948 年 11 月，蒋介石用 5 个军 12 个师的优势兵力，在飞机、坦克和重炮的配合下，向华东野战军发动轮番攻击。宋时轮将军到大许家附近勘察地形，运筹帷幄，在大许家、团埠、麻谷子等地浴血奋战，成功击破国民党东援计划。这就是徐东阻击战，是解放战争三大阻击战中最大的阻击战。

而战争发生时的前线指挥部就在大许中学校内，那座简陋的茅草屋，依稀诉说着当年隆隆的枪炮声和无畏的厮杀声。

大许这片土地上还有着众多烈士陵园，朱庄烈士陵园，讲述着朱庄人民40名优秀儿女为革命献身的光荣故事；沙庄烈士陵园，安葬着20余名淮海战役期间牺牲的无名烈士……一座座烈士纪念碑，警醒着人们牢记革命先烈顽强拼搏的奋斗精神，也提醒着大许子民继往开来走向中国梦的伟大复兴之路。

“鲜花开放在大运河南畔，栋梁成长在大许的土地上。大许中学我们的骄傲，人才辈出美名传扬……”

如歌中所唱，红色的旗帜犹如太阳的光芒，照耀在大许镇的土地之上。

三、数字文化的崛起

当时光的巨轮滚滚来到2021年，大许镇赶上了数字经济与实体经济融合发展的新时代。而江苏钰陇海科技产业发展集团有限公司建设的大许镇数字经济产业园便应运而生。

钰陇海集团下属子公司江苏“彭贝”文化传媒有限公司适时成立，意为“彭城宝贝”，主打运营东部新城数字经济产业园，开启了大许由传统文化向数字文化转型发展的新时代。

产业园位于大许镇刘鹿村，属于“新形态乡村产业”项目类型。建有6层共6000平方米办公用房，一楼为展厅，二楼、三楼为直播带货中心，四楼为娱乐直播中心，五楼为直播中心兼人才公寓，六楼为会议中心和办公室。彭贝文化传媒在这里大展身手，积极探索集“直播电商+供应链平台+仓储物流+培训实训基地+众创空间”为一体的电商生态体系发展新模式，只用了短短两年的时间，便搭建了电商直播技能提升平台、农产品展销平台、交流合作平台，以积极健康的网络直播方式引领大众创业。

彭贝文化传媒负责人史先虎,“先人一步，虎虎生威”，他带领一群朝气蓬勃的年轻人，联合抖音、快手等主流平台，协同高校、协会组织等社会资源，全力打造徐州市第一个具有“乡村振兴＋数字经济”特色的电商产业园。数字经济产业园基地设有大型场景室直播间、主播特色直播间、大型新媒体培训室等多种功能空间，58 个直播间投入使用 28 个，运营培训区约 500 平方米，产品展示拍摄空间约 1000 平方米，软硬设施采用国内高标准配套，无论投入还是面积规模，均为在市内头部示范直播基地前列。

彭贝文化传媒公司员工是一群充满青春活力的年轻人，他们千方百计利用数字文化做好产业园主题项目，助力乡村振兴发展。做直播，拍短视频发到网上，故事的主角就是他们自己，有时也会邀请自己的朋友，他们既是导演也是演员，是化妆师也是服装设计师，跳一跳快乐的插秧舞、抓钱舞，拍一拍四大才子搞笑剧，靓丽青春偶像剧等等，其目的都是为了吸引大家关注彭贝优品，来体验大许镇的各类优质产品。

经过努力，产业园自主品牌“彭贝优品”特色产品、黑色玉米、宠物用品、智能家电等 1000 多类产品，通过直播及电商平台在全国各地畅销。

“立足大许、覆盖淮海、辐射全国”，未来彭贝文化公司将推动产业园向跨境电商迈步，在阿里国际站、东南亚 shopee 平台上线产品，创新“个十百千”的发展模式，即 1 个直播基地、扶持10个重点直播主体、集中宣传搭建100个重点商品供应链、培育 1000 个直播活跃个人，形成庞大的直播点网络，助推铜山区乃至徐州市农业农村电商产业的高质量发展，打造淮海经济区农业农村电商直播的商业消费新场景，成为乡村网红经济的新地标。

大许镇，将以文化的名义，壮行！

手持彩练当空舞

朱群英

蔚蓝天空，澄澈无瑕。眼下正是大蒜丰收的季节，在徐州市铜山区大许镇，一幅幅自然和谐的田园风光映入眼帘。大蒜种植基地热火朝天，一派繁忙，人们紧张有序地忙碌着。

大许镇种植大蒜已经有20多年的历史，目前优质大蒜种植面积已达到6万亩。这里种植的大蒜蒜头外观白中透红，蒜头大而饱满，味道香辣醇厚，耐储藏。大蒜种植不仅给种植户带来了经济收入，还让邻村村民、低收入者有活干、有钱赚，帮助村民实现了在“家门口”就业的愿望。

2023年5月18日，江苏农爱田生物科技有限公司董事长付保华刚从外地考察回来，风尘未定，就听到了一个令人振奋的好消息：5月16日，农业农村部公布第十次监测合格和递补农业产业化国家重点龙头企业名单，江苏农爱田生物科技有限公司成功入选。品味着这条喜讯，望着墙上的荣誉榜，付保华心里风云翻滚，感慨万千。

农业产业化重点龙头企业是引领带动乡村全面振兴和农业

农村现代化的主力军，是打造农业全产业链、构建现代乡村产业体系的中坚力量，是带动农民就业增收的重要主体。

此次入选的江苏农爱田生物科技有限公司成立于 2016 年，是集研发、检测、种植、加工、储存、进出口贸易、冷链物流、跨境电商为一体的综合化国家级农业产业化重点龙头企业。公司位于铜山区大许镇太山村，拥有保鲜产品生产线 6 条及大型恒温库 16 座，储存量达 5 万余吨，位于同行业前列。公司坚持“以农为本，专注深耕”的经营理念，不断完善“科工贸一体化，产供销一条龙”的经营模式，与大许镇多个村庄签订大蒜基地种植协议，拥有优质出口大蒜种植基地 4.56 万亩，其中在徐州海关备案面积为 4.18 万亩，带动以大许镇为中心周边多个村镇 6600 多户农户种植大蒜。

对于深耕农业 30 多年的付保华来说，他一直笃信，一分耕耘一分收获。也正因为此，付保华始终保持着耕耘者的姿态，努力为徐州农业的现代化、产业化贡献自己的力量。

“我是河南息县人，30 多年前来到徐州上大学，之后一直扎根在这里。徐州是我的第二故乡。”对于徐州，付保华有着极深的感情。他像一粒种子一样播在了铜山大许的土地中。他暗下决心，一定要把学到的东西变成农民心里的希冀！

虽然当时他对办企业一窍不通，但他知道，总得有人站出来改变这片黄土地落后的面貌。“敢为人先”是付保华的人生信条，他虽然身在乡间，却没有被土坷垃挡住视野。他认定，办企业要选择立足当地优势，服务当地经济发展的行业才行。经过再三考虑，付保华打算问津生物科技，在别人看来有些不知天高地厚，他自己却胸有成竹。

但在资金、设备等均缺少的情况下，公司每前进一步都十分艰难。做任何事，必须诚信为先。他下定决心：坚决把企业办下去，干出个样子来。从那会儿开始，他把诚信经营当作企业准则，一切以客户为先，很快赢得了大批客户，众多客户都将货款先汇至公司账户，然后放心地等待发货。他深知，一个企业要在市场上立于不败之地，必须不断扩大规模，开拓市场，才能具有活力。为此，他注意时时自我加压，努力超越自我，向同行业领先迈进。

为了科研项目，他一个人坐汽车北上南下，学习外地的先进经验，靠肩扛手提，引进全国各地的优良新品种。从试验的播种、管理、观察、收获、考种全部亲临一线操作。冬天，刺骨的寒风夹杂着雪花，他依然蹲在野外的试验地里，用双手拨开泥土，仔细地进行冻害调查；酷暑难当的夏日，他一头钻进一人多高的试验田中，不怕蚊虫叮咬，详细地观察每个品种的株型、抗逆性、结实性。

无论是大学毕业后进入胜阳集团，还是后来转战徐州黎明食品有限公司，抑或是 7 年前成立江苏农爱田生物科技有限公司，付保华从来没有离开过农业的“赛道”。

“干农业不易，但这些年在徐州的创业经历，让我深信，耕耘终有收获。”付保华告诉笔者，2016 年成立“农爱田”，一路走来曾经历过销售不畅几百万元资金打水漂、收购季遇上雨季白忙一场的灰暗时刻，但他始终相信，只有不断解决问题，企业才能一步步地走稳走好。

这几年，“农爱田”积极拓展海外市场，不断解决销售不畅的问题，建设了自己的生产加工厂房及冷链物流存储场所，解决了农产品贸易的仓储问题。

2020年，“农爱田”通过创新外贸新业态，建立海外仓，与阿里合作发展线上贸易，当年实现销售额2.8亿元。

此后，“农爱田”又继续在科研端发力，引进了省双创团队，解决水稻育种成本高问题；与山东农科院孔素萍创新团队合作成立了徐州润家圆种业研究院，建立了农产品研发重点实验室，企业继续保持稳步增长的发展势态。

“参加第三届彭城英才荟，让我更真切地感受到徐州发展量变之势越来越强、城乡蝶变之势越来越强、区位质变之势越来越强、团结求变之势越来越强，也认识了更多致力徐州发展的‘同道中人’。”付保华表示，作为农业产业化国家级的龙头企业的带头人，未来将继续围绕农业现代化产业集群的建设，把产业链不断延长，同时加大科研投入，在农业现代化的发展之路上起到更好、更强的示范和带动作用。

2021年春节前夕，14辆满载大蒜的货柜专车先后开往江苏省徐州市铜山区大许镇江苏农爱田生物科技有限公司，然后通过海运运到印度尼西亚雅加达和泗水两个海外仓，最后从那里进入当地市场、走上消费者餐桌。

“以前，通过传统物流方式，整个过程需要40天时间，现在只需要20天。”付保华说，通过设立海外仓，除了时效优势，还大大缩短了回款时间，同时也比找中间代理商降低了经营风险，去年至今，在海外新冠疫情日益严重情况下，设立海外仓，有效地稳住了市场。

为应对疫情冲击，农爱田除设立海外仓，还开始踏足跨境电商，电商平台推出“顶展”“问鼎”服务项目后，公司迅速抓住机会，于2019年10月购买了阿里巴巴国际站大蒜产品一个“顶展”两个“问鼎”，公司国际业务增长迅猛，每周新增国际询盘10个以上，目前已和近70个国家和地区客商进行了业务洽谈，每天都有10个以上新订单业务。同时，公司还通过在海外注册境外商标和马德里商标，出口国家和地区超过20个，走上品牌国际化之路。

对于农产品如何更好走出去，付保华还有一个很深的体会，那就是及时向保险公司投保，他说，投保不仅在遇到情况可以得到理赔，而且还可以通过保险公司筛选出优质客户、增加客户资源、开拓更广阔市场。

农爱田公司的跨越发展，有效解决了卖大蒜难的问题，带动铜山大许、单集等地6000多户蒜农增收，去年户均收入近5万元。

“我们还计划在巴基斯坦和埃塞俄比亚设立海外仓，公司的外贸出口额努力达到4000万美元以上。”付宝华充满信心地说。公司已牵手专业科研团队，进行大蒜新品种研发培育，以引领大蒜产业走向更广阔的天地，实现企业从“卖产品”到“卖技术”的跨越。

做活“土特产”，发展特色产业是实现乡村振兴的一条重要途径。近年来，铜山区大许镇以打造高效农业为己任，对标高质量发展要求，立足自身区位优势，深化农业供给侧结构性改革，做精特色蔬菜，做大食用菌产业，推动地方主导产业和区域特色融合发展，走出了一条具有地方特色的产业振兴道路。

走进江苏农爱田生物科技有限公司，生产线上的工人穿着食品防护服，正对蒜米进行质量分拣，随后这些大蒜将漂洋过海销东南亚各国。这家大蒜加工企业，正在由单一的保鲜大蒜等农产品初级加工企业，发展成集农副产品收购加工、出口贸易、国际品牌培育于一体的农业产业化国家级重点龙头企业。付保华介绍说，立足大蒜产业，大许镇中晚熟大蒜产业集群在国内外品牌价值不断扬升，以品牌农业的开发增加农产品附加值，成功把“一头蒜”做到名震全球。这个响当当的民营企业，在淮海大地叫响了名气，创造了令人瞩目的社会效益和经济效益。

有没有奉献精神，决定了一个企业家有没有感召力和凝聚力，关系到企业的成败兴衰。多年来，付保华甘于奉献，带领公司员工谱写了一曲曲高亢感人的奉献之歌。

创业 7 年，2500 多个日日夜夜，付保华把自己的黄金年华都献给了农爱田公司。员工们不会忘记，公司创办以来，付保华从来没有节假日的概念，整日奔忙在业务中。付保华说，他欠自己的家庭太多了，他忙得没空回家，孩子全靠妻子照看。

老父母也想念儿子，可付保华难得回一趟家，偶尔回去，刚想陪老人聊聊天，一个电话打进来，公司的事又把他拉走了，付保华只能丢给父母一个抱歉的笑脸，匆匆地走出他深深眷恋却又无暇顾及的家。

公司效益好了，但付保华艰苦奋斗的作风一点没变。如今到外地，他坚持住便宜的宾馆，吃简单的饭菜。对社会公益事业，付保华非常慷慨，出手大方。

为富行仁，关爱社会，是付保华心中永远的结。多年来，付保华出资支持公益事业，支持教育事业发展，捐助贫困学生，慰问孤寡老人等，以此回报党的关怀和社会各界的支持，取得了良好的社会效益。他还积极地为地方经济发展提出议案和建议。他认为，作为一名区人大代表，就需要做老百姓的贴心人，想群众所想，急群众所急。

成绩面前，付保华感到了更大的压力和责任。他考虑更多的是农爱田公司未来的命运，公司员工的生存，拓展公司的经营范围，寻找广阔的发展空间，创造更大的经济效益和社会效益。

“雄关漫道真如铁，而今迈步从头越。”新的世纪，新的征程，如何更好地为社会尽一名民营企业家应尽的责任，如何带领企业更快更好地发展，付保华正以崭新的姿态，满怀信心迎接挑战，续写辉煌。他将进一步完善联农带农益农机制，带领广大小农户融入现代农业发展，让农民更多分享产业增值收益，强化科技创新，提升技术装备水平，引领标准化生产，保障粮食和重要农产品稳定安全供给，推动乡村产业全链条升级，增强市场竞争力和可持续发展能力，促进乡村产业高质量发展。

辛勤的汗水换来了丰硕的收获。付保华曾获徐州市第一批国家职业经理人、江苏省优秀企业家、徐州市优秀民营企业家、徐州市科技进步二等奖、铜山区“两新”组织“红领先锋”等荣誉。他像一粒朴实厚重的种子，在深情的土地上开出了灿烂的花朵，结出了丰硕的果实！

一株黑玉米的成长史

尚庆迎

壮实、朴实，皮肤黝黑，笑容可掬，无怪张书喜和玉米有缘，年近六旬的他怎么看都像乡间的一株老玉米。但他又不是一般的玉米，有与众不同之处，根扎得深、棵长得旺、穗结得实，最特别的一点——他是一株黑玉米。

黄玉米，黑玉米

从小生长在铜山大许农村贫苦家庭的张书喜，吃惯了黄玉米也吃厌了黄玉米，干硬的玉米馍，掉渣，拉嗓，难以下咽，就咸菜疙瘩都不如红薯面窝窝好吃。那时他就想，玉米、大米都带个“米”字，如果两种米一样好吃该多好，这成了他少年时的一个梦想。

从上中学开始张书喜就订阅了一些农业科技方面的报刊，想从中找到“玉米”变成“真米”的信息和诀窍。中学毕业后，他当过民办教师，干过村农技员和村会计，但那个少年时的梦始终没有泯灭。

2000年前后，他终于从报刊上嗅到了新型玉米的香甜气息。听说东北有种甜玉米，水果一样甜，于是他坐了27个小时绿皮火车赶到吉林看新鲜。那里的糯玉米高大雄壮，简直像玉米树，虽然也是黄色的但又甜又糯，好吃得没法说。但这种品种并不适合苏北种植。东北之行虽然无功而返，但开阔了他的眼界，玉米是个庞大的家族，足以改变他对玉米的认知和偏见。

他又听说南京农业大学研究出了又甜又香的“花玉米”，他就又跑到南京取真经。刘凤生、李式军两位研究“花玉米”的教授，看着这个来自苏北的农民憨厚的样貌虔诚的眼神，亲切地笑了，他们把刚研究出来的成果——几斤糯玉米种子无偿地交给张书喜，让他拿回家试种。这是教授多年的心血，用日本甜玉米和中国糯玉米进行杂交，培育出的又甜又糯的新一代鲜食玉米品种。他们之所以把它送给张书喜，因为他们看到这个年轻人身上对知识的渴望和改变自身命运的执着，他们相信这颗种子是投进苏北大地也种进了农民心里。

张书喜如获至宝，一路上他都把玉米种子紧紧搂在怀里，一刻都不舍丢手，他不能辜负老教授的期望。

那一年张书喜在苏北第一个种下糯玉米。他像伺候孩子一样精心照顾着他的玉米地，老乡们都说他魔怔了，“不就是玉米吗，还能结出金子不成？”听大伙这样说，张书喜讳莫如深，“等秋天你就知道了！”

收获的季节终于到了，张书喜的玉米地结出了“怪物”，一穗玉米有白色、红色、紫色三种米粒，煮熟一吃满口香甜，大家伙都惊掉了下巴。等看热闹的人都走完了，张书喜蹲在地头，看着他的玉米地，禁不住流下了热泪，少年时的梦想终于成真了……

张书喜把糯玉米拉到城里销售，起初大家不认，但吃过以后就成了铁杆回头客，忙起来买家替他剥皮、称秤，他只管收钱。这一步，走对了！

中秋节晚上，张书喜一家人正沉浸在丰收的喜悦中，突然接到来自南京的电话："小张啊，今年收成咋样？"原来是刘凤生教授，张书喜又激动又惭愧，光忙着卖玉米连恩人都忘了，"好得很，好得很！我明天就寄过去让您老品鉴！"

几天后，又接到老教授电话："当初没看走眼，你确实是按要求种植的，这个口感就是我们想要达到的！"

以后，张书喜根据市场需求种起黑玉米，又开江苏先河种起富硒黑玉米，在科技推动下，终于把小仙农富硒黑玉米做成全国同类第一品牌。

坠落，起飞

随着张书喜的糯玉米在市场上的知名度越来越高，上海一家大食品公司与他签订了长期销售合同，这种捆绑式销售按订单生产，收入稳定，与种植大户合作种植的规模逐渐扩大。可是这种依赖性带来的巨大风险也向张书喜一点点靠近，终于有一天将他打入谷底。

2016 年，因为一块地的玉米在灌浆成熟的关键时期爆发玉米锈病，导致品质下降，食品公司以质量不达标为由，全部拒收！

张书喜赶忙租用冷库将产品存起来，没想到这一存就是两年，最后连租金也负担不起了，只好全部拉出去沤制肥料。这一次，张书喜赔尽了家底，而且欠了一身的债。

“当我看着10几辆大货车将100多吨的货从冷库拉出来去沤肥，我又一次流泪了……”他说，掉到了坑底，往上一看又陡又滑，连根绳都没有，干脆死了算了！

但他死不起，这不是他的性格，也不是他的价值观，当初为改变家庭生活状况而创业，现在不能留一屁股债一走了之。

他将银行卡里仅有的钱报了一个张家界旅行团，投到山清水秀的大自然的怀抱，回程的时候，当飞机起飞，直冲云霄，他心中那块石头终于落地了，他要重新起飞！

食品，礼品

“必须拥有自己的品牌，不受制于人”这是张书喜从血的教训中得到的启示。

怎样做自己的品牌？“主要靠品质！”

为了提高产品品质，张书喜围绕黑玉米做精富硒黑玉米，硒具有抗氧化、清除自由基的特殊功效，被称为人体软黄金，张书喜通过对土壤施用和叶面喷洒富硒肥，实现产品富硒的目的。

2019年在人民大会堂国际会议中心举办的富硒产品高峰论坛上，农民张书喜侃侃而谈：“我用我的实践证明，缺硒的黄淮平原同样可以种出富硒的高品质农产品……”让在座的专家学者们刮目相看。

不光富硒还要绿色有机，张书喜认为“没有好土壤种不出好东西”，他对土壤进行长期修复、养护，坚持不施用化肥，而全部采用羊粪肥，除虫则采用生物天敌，用赤眼蜂治虫。绿色化生产使张书喜的富硒黑玉米香糯可口，健康安全，备受市场青睐。

打品牌还需要独特的包装，他花高价请设计师进行外包装设计，小农仙的logo是一穗弯月形的玉米踏着祥云，飘飘欲仙，给人带来美的愉悦。“这个整体思路其实是我的，硒被称为月亮女神，仙代表着仙境、长寿，奉月亮女神的差遣下凡人间，给人类献美食、送健康，就是小农仙的使命！”张书喜有点沾沾自喜，而之所以有这样的创意是因为他对玉米事业有着发自心底的热爱。

“我要把食品做成礼品！”这是张书喜的营销目标，他引进高端食品加工生产线，内包装袋全部从国外进口，保鲜期可达18个月，是一般包装的五六倍。“别人是靠金钱做品牌，我是靠品质、靠时间一点点赢得口碑，这样才会更长久。”张书喜在营销上已经有了哲学的思考。

2023年3月30日，中国农业技术推广中心颁布优质富硒农产品奖项，小农仙获得“中国富硒好杂粮”称号。站在领奖台上的张书喜双手抱着奖牌，笑得满脸生花。

小面包，大老板

相约采访的那天，和张书喜一见面就感觉他有点不好意思。“这面包车，十几年了，您，多担待……”看他羞赧的样子，我不光没有任何抱怨反而感到踏实和亲切。

坐上这辆“老爷车”才知个中滋味，颠，热，浓郁的汽油味，张书喜正是开着这辆车城里乡下地跑，田头地边地转，见证着一个农民艰辛的创业之路。

一年两千多万元的销售，几千亩玉米基地，在乡人眼里张书喜是个“大老板”。但这个大老板根本不像个大老板，不摆谱，没架子，穿普通的衣，吃平常的饭，可他在带领大伙致富的路上又确实像个大老板。几十户农民和他一起成立种植合作社，种植黑玉米3000多亩，每亩效益是一般玉米的2倍多，社员个个成了富裕户，另外，100多名农民到他的加工厂里务工，家门口就能挣到工资。

采访的路上，张书喜一路上拉他的少年梦，讲他的创业史，聊他的读书爱好，给我看他抖音上的卖货视频，他始终坚信知识改变命运、勤劳创造财富、创新促进发展，他要做一辈子玉米，还要带更多的乡亲走上富裕路。

车子在金黄的大地上驰奔，又到了收获的季节。

“七彩农业”，大许镇的多巴胺营销

滕小笠

“团埠的香菇后王的菜，大许的观赏鱼人人爱；东探的葡萄朱庙的鸭，太山的扫帚顶呱呱；板桥的草莓河西的瓜，梨园的大蒜人人夸……”这则顺口溜道出了江苏省徐州市铜山区大许镇大力发展“一村一品”，越来越多的农民走上致富道路，越来越多的村子拥有自己特色品牌的好光景。

大许镇，地处铜山区东部，东与邳州市碾庄、八义集两镇交界，南与单集镇相接，西与徐庄镇毗邻，北与贾汪区塔山、紫庄两镇接壤。吸引我前往采访的，是大许的七彩农业。

“金蒜盘”一拨致富增收

每年五月中旬，大蒜成熟的季节。蒜农们忙碌于田间。在成片的蒜地里，蒜农们趁着持续的晴好天气，刨蒜、捆绑、运输，大许镇所有冷库外面堆满了晾晒的大蒜，处处呈现一幅丰收的喜人景象。

今年，大许镇6万亩优质大蒜喜获丰收，大蒜产业已经成为大许镇支柱产业，拨响了农民致富增收的“金蒜盘”。

大许镇种植大蒜已经有20多年的历史，这里种植的大蒜蒜头外观白中透红，蒜头大而饱满，味道香辣醇厚，耐储藏。大蒜种植不仅给种植户带来了经济收入，还让邻村村民、低收入者有活干、有钱赚。原皮蒜、毛蒜，经手工剥皮、净根、净柄，成为净蒜，这个过程，需要大量的劳动力参与，在这里，家家户户都参与到剥蒜的工作中来，一斤的加工费合成三四毛钱，就手就能做，老年人也能做，啥都不耽误。村民实现了在“家门口”就业的愿望。

为了方便农民卖蒜，每个村路口都设有收购点。农民种不愁，卖不愁。

在大许镇农业技术专家谢主任的带领下，我们走进了徐州味酷美农业科技有限公司，该公司主营业务大蒜内销。老板王前进，四十来岁，面色黝黑，中等个，板寸头，话不多，眼里透着亮，一看就是个有远见、敢拼敢闯的人。同来的谢主任介绍说王前进曾经在海云做过电脑销售，后来回乡种植食用菌、大蒜、辣椒，一直很有市场头脑。王前进说他的蒜很会跑，销路有江西、东北、四川、南京、苏州、上海，其中主要的大客户集中在东北、江西等。

在王前进的大蒜加工基地，我们看到他投资建设的冷库，冷藏库存量为3000吨。个人投资400万元建成的冷库，经镇政府申报，获得国家相关的项目补助130万元。未来，还有一部分补助将给到他。

“小菊花”推动“产业兴”

秋末冬初，在大许镇麻沟村菊花种植地，一朵朵竞相开放的杭白菊，错落有致，美不胜收，汇成花海。村民们拎着桶、提着袋，忙碌着采摘成熟的菊花。

从2021年开始，大许镇经考察、筛选，决定发展菊花种植业。“咱们目前种植的就是杭白菊，是很好的降火、养肝的凉茶品种。你们看这边，目前的种植面积在150亩左右，亩产值大约在每亩1500斤，效益3000元到5000元之间。”种植菊花的邱小位高兴地说。据了解，邱小位是土生土长的大许人，了解到从事现代农业能够带动当地的劳动力发展，他就带领村民从种菊、养菊、喷药到采摘，全过程一丝不苟、尽心尽力。成熟季，竞相绽放的菊花不仅成为当地一道亮丽的风景，更成了村民的致富花，“出了家门就能上班，也不耽误照顾家里的老人与孩子，而且收入也很可观。”大许镇村民刘汉民开心地说道。据了解，长期在这里务工的有20人，每月工资平均3000元左右，在高峰期有100多人同时分片区采摘，日均工资70元以上。

“小菊花”推动“产业兴”。近几年，菊花茶的价格都处于上升趋势，大许镇还建了自己的菊花茶加工厂，通过杀青、烘干、分拣和包装打造出属于自己的菊花茶产业品牌，更好地提高了菊花茶的效益。“今后可以鼓励老百姓一起种植菊花这个品种，这个效益稳定，方便管理，大面积种植的话还可以美化环境，打造出一个菊花特色镇。”大许镇人大主席张厚新说。

草莓公主香甜多汁钱袋鼓

近年来，大许镇因地制宜，根据各村独特的资源禀赋，大力推进农村“一村一品”建设，发展特色、打造特色，努力实现产业富民，让广大群众钱袋子鼓起来。

该镇板桥村，原来是一个典型的经济薄弱村，为使群众早日脱贫致富，该镇和村两委积极引导村民种植大棚草莓。如今大多数村民改变传统种植模式，在种植大户的带领下规模化种植草莓，让味美、易种的草莓，成为板桥村发展现代农业的新亮点。如今，以板桥村为中心，大许镇大棚草莓种植已辐射带动周边好几个村。

盛果期，走进位于大许镇板桥村的草莓大棚，一排排草莓长势喜人，一颗颗鲜红的果实在绿叶映衬下分外惹眼，村里的种植户忙着拾掇自家的种植大棚。每天上午，他们都要把当日新鲜采摘下来的草莓送至板桥村新峰果蔬专业合作社草莓收购点，合作社经过称重后，第一时间将钱打到种植户的账户里。“以前种粮食的话，一亩地挣千把块钱，现在种草莓了，一亩地能收入四五万块钱呢。”种植户吴玉侠脸上洋溢着甜蜜的笑容。

2021 年，大许镇人大代表小组在走访调研的过程中，发现当地返乡能人赵新华种植的大棚草莓效益惊人，经多方研讨协商，决定将这一发展模式复制推广。2021 年底，赵新华当选新一届铜山区人大代表，与附近区、镇两级人大代表共同组成专项小组，扎根基层推广技术经验，为当地草莓产业发展作出了卓越贡献。

赵新华作为板桥村返乡能人，与部分村民在温室试种草莓，为种植户带来了可观的收益，成为种植草莓的“技术指导员”。如今大多数村民改变传统种植模式，在种植大户的带领下规模化种植草莓，让味美、易种的草莓成为板桥村发展现代农业的新亮点。

目前，板桥村种植草莓品种有宁玉、宁丰、妙香、香野、天仙醉等，面积已突破 2300 亩，单日最大出货量达 2 万斤，吸纳 400 名农村劳动力返乡就业，为 20 户低收入户增收，成长为铜山东部片区最大的草莓种植基地。

“草莓的利润稳定，价格稳定，只要心细、苗好，定植成功基本就成了。当然前期防喷、防病要下功夫，开花蜜蜂授粉要及时封棚。”赵新华说草莓宝宝是他的小公主，他对这些公主的养护信心满满，言语中又有宠爱的意味，“我的高端品种，总是早早地被预定走，根本不够卖的。”

黑玉米富硒有机身价高

2022 年，中国农业技术推广协会颁布了年度优质富硒农产品荣誉奖项，徐州小农仙玉米种植专业合作社获得“中国富硒好杂粮”的荣誉称号。

徐州小农仙玉米种植专业合作社成立于 2011 年，是一家专注于富硒黑玉米和有机玉米种植、加工、销售的龙头企业。自有种植基地3000余亩，加工基地6000余平方，以及专业的加工设备和一流的生产线。

小农仙玉米品牌创始人张书喜坚持人无我有，人有我精，人精我特的品牌发展道路。小农仙黑玉米有 20 多年的种植历史，专注做高品质的有机和富硒黑玉米。小农仙有机黑玉米种植过程中不使用化肥、农药和除草剂，用发酵的羊粪代替化肥，用杀虫灯和赤眼蜂等生物和物理技术防止病虫害，并通过人工除草和生物地膜覆盖的方式防治杂草。小农仙富硒黑玉米，富含丰富的硒元素，硒元素最大的作用就是抗氧化，它能够清除人体内有害的自由基，小农仙不仅仅是玉米，更是至亲的安全、健康和营养。

经过多年发展，小农仙种植的有机和富硒黑玉米已通过国家多项认证，生产种植出来的玉米经过层层严格检测，为消费者的健康安全保驾护航。多年来，小农仙一直秉承着安全、健康、特色、创造品质生活的价值观，精心打造富硒黑玉米和有机玉米系列的健康礼品，使小农仙系列产品，成为现代礼赠的新时尚、新选择，市民餐桌上的舌尖美味。

后记

采访结束。回程。这之前，大许，于我而言，是一个陌生的地方；这之后，大许的七彩农业，将从此走进我的心里。这里有这么多眼里发着光的人，领导者、创业者、耕作者、技术人员，有胆识有谋略，雷厉风行，他们的故事令听者动容，但更使人汲取到前进的力量；这里有多彩的田野和土地，五月，有鲜辣辣的紫皮蒜，白胖胖的蒜瓣，咬一口，辛辣味直冲脑门；六月，杭白菊质朴温良，泡一杯，清毒去火；七月，黑玉米正糯香清甜，晚一点，你就买不到了；还有熟果期的草莓，酸甜适口，您不要自己来，一定要陪着家人，父母和孩子，如果幸运，还能吃上白雪公主……

土地，不遗余力地哺育农作物，来回报那些亲近它耕作它，把汗滴在它身上的农人；农人，通过辛勤耕作，获得了殷实的生活，也为生活有更多可能奠定了基础。让我们畅想着一年中不同的收获季节，田野里的作物骄傲得展示着自己的丰盈饱满，鲜艳明亮的颜色，织就色彩的海洋。起风了，田地里涌动起彩色的波浪，这一切，会不会引起你积极的情绪联想？感动、欢欣、喜悦，满满地收获的幸福感。忽然想到，这不就是最近大火的多巴胺营销吗？不同颜色，带动不同情绪。这七彩的田野，在不同的生长成熟时序里，带来经济收获，也带来愉悦，积极和治愈。

这里，就是大许。

有感大许新思路

魏朝星

农村流传一句老古语："吃不穷，喝不穷，算计不到就受穷。"说的是，不会精打细算，思想糊里糊涂，很难把日子过好。其实，大到一个国家，小到一个家庭，道理都是一样的，正所谓思路决定出路。

田家少闲月，五月人倍忙。大蒜正在收获，小麦即将开镰，我们随徐州作家采风团，走进地处铜山东北的大许镇。致辞中，大许镇党委书记陈北京介绍了今年大许的工作思路："锚定争当产城融合特色镇、乡村振兴示范镇、宜业宜居新市镇'三镇'目标，紧扣提神、提标、提速、提效'四提'要求，突出产业发展突破年、人居环境深化年、遗留问题化解年、体制机制创新年、干部素养提升年、基层组织提质年'六个年'抓手，奋力推进中国式现代化大许新实践。"顿觉眼前一亮，不禁拍手叫好。

坐在办公室都是困难，走出办公室都是办法。开对方子，才能走对路子；选准路子，更好迈开步子。在推进中国式现代化新实践的路上，不同地方有不同的经济基础、区位条件和自然禀赋，发展状况也千差万别，必须扬长避短、因地制宜，补短板，强弱项，才能让乡亲们的日子越过越好。大许的“三镇”目标、“四提”要求、“六个年”抓手，无疑来自镇主要负责人入村组、访企业、听民声、摸实情的深入调研，来自对镇情“弱在村、乱在街、最大希望在产业”的精准把握。

大许的“三四六”战略，思路清晰，目标明确，要求到位，抓手有力，堪称一个定位精准、视野开阔的精彩擘画。这个总战略，对准了大许的优点、弱点、痛点和重点，不仅可以作为今年工作的航标，也可以成为统领大许“十四五”发展的总纲。

毛主席有句名言，政策路线确定以后，干部就是决定因素。大许这届班子可谓兵强马壮。特别是党政主要负责同志，都是铜山干部队伍中难得的干将。由此可见，铜山区委、区政府对这个东北大镇的重视和期待。

因为从事新闻工作的缘故，我与大许镇党政主要负责同志均有缘相识，他们身上的正能量令人感染。

初识陈北京书记，是他受命于危难之时。当时，我被抽调创建办从事宣传工作。大家都知道，创建全国文明城市是一项庞大的系统工程。因撤县设区的特殊历史背景，铜山在全市所有创建单位中面积最大，点位最多，基础最弱，一开始受到的批评最多。为打开落后局面，区委决定把时任政府办副主任陈北京调创建办兼职常务副主任。他走马上任后，出思路，定奖惩，树典型……打出一套攻难克坚的组合拳，迅速扭转了局面。创建办的同仁都没想到，这位气质儒雅，洋溢几分书生气质的帅哥，居然还是一位系统思维能力超强，善于攻难克坚的虎将。最后，铜山为全市拿下这块各项荣誉中含金量最高的金字招牌立下汗马功劳，我们的陈副主任也立功受奖。

大许镇镇长单云飞是一位90后。与单云飞的相识，是他当大学生村官期间。他和另外两名大学生村官，成功创办小菇农公司，创造了400多万元的资产。担任大许镇大吴村党支部书记期间，为优化农村人居环境，他迁过坟，拆过迁，啃下了不少新时期农村工作的第一难。有激情、有方法、接地气、能吃苦，这是单云飞留给人的第一印象。我们在《徐州日报》整版推出报告文学《青春合伙人》，在读者中引起强烈反响。这之后，单云飞凭着过硬的实绩，先后荣获徐州市十大杰出青年、全国农村青年致富带头人和江苏省青年五四奖章等称号。

时代不会埋没有为者，金子在显眼的地方更闪光。走出创建办之后，陈北京历经农机局长、农办主任、首任应急局长多岗位历练，领衔承担的人居环境百千万工程，百姓受益，政府出彩，形成具有全国影响的铜山经验，赢得了全国人居环境整治现场会的召开，打赢了铜山乡村振兴第一仗。担任首任应急局长期间，他增强工作预见性，下好防范先手棋，做到“图之于未萌、虑之于未有”，在这个提心吊胆的岗位上举重若轻，实现了全区安全生产大局的稳定。作为大学生村官的佼佼者，单云飞被提拔重用后，从利国镇副镇长、区商务局副局长、区招商中心负责人，再到大许镇镇长，干一行，爱一行，精一行，一步一个脚印，不负青春韶华，用实绩唱响了新时代的青春之歌。

心在哪里安放，人就会在哪里绽放。从大许镇主要负责同志一路出彩的经历和成长中，让我们看到了基层党员干部的人格魅力、责任担当、大将之风和霹雳手段。他们跋过的山，涉过的水，工作过的单位，不光是地图上一个简单的坐标、生命中一段曾经的岁月，更是一名基层党员干部用赤子之心践行初心使命的地方。

难得好思路，贵在抓落实。以功成不必在我、功成必定有我的胸怀，树立“今天再晚也是早，明天再早也是晚”的意识，常思落实之责，常谋落实之策，常求落实之效，一张蓝图绘到底，撸起袖子加油干，我们仿佛看见大许更加美好的明天。

这里有一艘“猫经济”的领航船

伊尹

大许镇农业农村电商产业园项目位于大许镇刘鹿村，产业园属于“新形态乡村产业”项目类型。刚入园区，就有淡淡的奶香气息扑面而来，这是属于宠物行业特有的气息，来自园区后方的猫砂生产区域。

数字经济在这里起航

当产业园投入建设之前，在政府的大力支持下，为响应数字经济与实体经济结合发展的号召，园区就已形成科技助农的雏形模式，号召人才返乡，集中进行学习培训，给回乡以及当地创业者提供一个创业平台，有效的行动为当地产业振兴注入了新动力。

产业园于 2022 年 1 月 1 日开工建设，项目总投资 1.1 亿元，项目建成6层共6000平方米办公用房，一楼为展厅，二楼、三楼为直播带货中心，四楼为娱乐直播中心，五楼为直播中心兼人才公寓，六楼为会议中心和办公室；12000 平方仓储快递物流厂房已建成投入使用。试运营期间直播电商业务销售突破3000万元，其中农产品包括农爱田大蒜、板桥草莓、小农仙黑玉米和张果老辣椒酱等，从而带动以大许镇为中心周边多个村镇1000多位群众的就业……

成绩斐然，折射出科技助农的需要与发展，数字经济带动了当地群众的成功与富裕。

产业园已形成了项目亮点与引领性：依据铜山区大许镇的地域空间特征与产业优势，打造成农业智慧科技数字经济产业园，集直托机构总部、直揭培训学院、电商直播、创新孵化、跨境电商、智慧物流、配套服务、村播助农基地等功能于一体，形成完整的直播电商产业链，吸引带动电商直播、跨境电商、直播培训、电商代运营等上下游企业入驻园区。直播产品整合了徐州及淮海经济区周边近1200多款产品，主打产品为农产品和宠物用品，同时，仓储分拨区一期规划16000平方米区域，由中国邮政建立大许分拨中心，配合产业园电商版块打造“前店后仓”综合体化配套，数字经济产业园已初步形成数字经济行业集聚群，有力推动大许镇传统产业转型升级。

“猫经济”立为产业方向

早在电商形成之前，大许镇就有商户做起宠物类产品的生产与销售，相对来说产品还是比较前端，产业园成立之后，有了数字经济的助力，进驻产业园的宠物类产品更是有了突破性的进展。

目前，随着养宠人数的不断增长和宠物消费市场的扩大，宠物产业已经成为一个庞大的朝阳产业，具有广阔的市场空间和巨大的发展潜力，中国作为全球最大的养宠大国，未来几年仍将保持快速增长。中国宠物用品行业主要有几大细分行业：宠物食品、猫砂用品、宠物玩具等，其中猫砂占比较大，产业园将具有一定行业基础的猫砂用品，设定为主导产品的产业方向。

在强大的市场需求背景下，产业园以猫砂用品为主导产品，对其打造成为研发、设计、生产、销售于一体的综合性生产基地，既满足了市场需求，又能让消费者获得更多优质产品，同时带动周边产业发展。经持续发展，形成了生产、仓储以及物流冷链完整的产业体系，“猫经济”成为园区的产品主体和龙头，辐射和带动作用显著。

截至目前，除了国内市场，产业园又打开了外贸出口这条通道，将猫砂产品出口到日韩与东南亚一带。产业园以代加工贴牌为主导，到自主生产自有品牌，通过产品影响力与趋势站稳国内市场的同时，又努力拓展国际市场，通过多次国际展会交流，更加坚信了自家产品的竞争力。

任何成长都会走一定的弯路，产业园前期发展也曾走过弯路，比如技术的不足与原材料的浪费等，走过弯路，成长中的产业园终于迎来优异成绩，围绕猫用品产业，以猫砂为主导产品，辐射猫玩具、猫窝等产品，渐渐实现“猫”的全产业链发展。

产业升级与回馈民众

大许同时属于一个农业大镇，农产品销售为产业园的第二版块，大蒜、辣椒，黑玉米等，也是大许镇政府对外宣传的一张名片，产业园帮助农民建立起线上销售平台，帮助大家又增加了一条销售渠道。

经济发展离不开人才培养这一块，尤其是电商的人才培养，产业园通过与学校合作，提供实训基地与创业空间，以宠物用品为主，农产品为辅，共同携手乡村振兴。

经济发展的目的是提高生产力，是尽可能惠及每一位社会成员，从而使得民众愈发富裕，是支持政府的财政收入，巩固社会秩序，同时政府为了回馈民众的支持，也会努力发展经济，尽可能惠及社会成员，形成一个良性循环。

区政协委员、产业园妇联主席、钰陇海集团和彭贝文化传媒公司创始人、江苏正浩宠物公司副总经理张总介绍说：经济是服务于人的，除了抓经济，还要倾听民意诉求，产业要成长，更要有人性化成长在其中，园区较为注重这一点，从村里的失能人士，特殊家庭，到百岁老人，平日里都要一一走访了解实际情况，要为当地百姓做些事情。抓经济，更重要的还是要惠及当地。就举例帮助农村闲散妇女解决就业问题，解决就业，不仅有助于一个家庭的稳定，就业也是一个帮助妇女实现自我价值的地方。总而言之，发展经济，我们最终的目的还是要回报当地。

未来方向仍是“猫经济”领头

下一步，产业园继续稳抓宠物经济方向的舵盘，产业园规划逐步建设一个宠物的完整生命周期的一条完整的产业链，其中包括繁育、训练、食品、用品、医疗、美容、保健、保险、趣味活动等一系列产品与服务。

先期将建成一家宠物博物馆，用这种模式把宠物博物馆当做一个流量聚集地，通过门票免费和大量广告推动宠物博物馆的影响力和人流量；推动玩转认养，通过萌宠认养，加强园区与会员的亲密性与互动性，从而实现萌宠乐园的持续盈利；定期举办宠物主题活动大赛，从而增加园区影响力和人流量；丰富宠物用品的生产与销售，邀请结合徐州当地宠物用品优势资源建设与宠物相关的生产加工、销售聚集区，如猫砂、猫粮、猫服饰等。

在农产品版块方面，打造一个“亲眼所见、亲自品尝、轻便购买”的大许镇农特产品线上线下互动营销中心。

园区还将进一步发挥集聚效应，全面启动基地招商入驻工作，形成价值洼地，产生聚集效应，产生规模效应带动当地和淮海经济区众多企业进行线上产品销售。

以猫经济为首的经济航船，一定能够乘风破浪、行稳致远。

徐州有个“农爱田”

张礼新

刚刚漂洋过海回来，付保华的脸上没有一丝疲惫之色。握手，沏茶，递烟，春风满面。作为江苏农爱田生物科技有限公司的董事长，接受媒体采访或许司空见惯，尤其面对我这样一个也曾游历商海多年的“同道中人”，应该有不少共同语言，我们的交谈好似茶余饭后的闲聊，并没有采访的条条框框和刻意的深思熟虑，更多的是你一言我一语，自由互动，随意话题。在烟雾和茶香的交替转换中，一个半小时的约定时间，不知不觉地过去了。而他和他的农爱田，也在一阵阵欢声笑语中，从黄淮平原中，从古彭大地上，大踏步走来，以名扬一方造福一地的自信姿态，展现在世人面前。

一、爱农，润田，难以割舍的赤子情怀

作为农民的儿子，我就是爱农村，就是爱农业。

这句话，从古铜肤色的付保华口中说出，掷地有声，也是真情流露，很难找出一点违和感。河南大别山下，祖祖辈辈，

面朝黄土背朝天，汗摔八瓣后，却只能靠天赏饭的命运，已经深深烙印在他的记忆里，也备份在他的痛感神经上。

一位矿业大学财会专业的高才生，没有去挣编制内的“金饭碗”，也没有捧国企里的“铁饭碗”，而是走进一家寂寂无闻的民营农企，从一名普通会计，一路攀爬，一路晋级：财务主管，业务经理，副总经理，总经理，直到董事长。将一个端在手里松软变形的“泥饭碗”，硬生生打造成价值连城的“元青花”。

十多年专注农产品的流通与加工，让土地里生长出的果实转换成财富，让曾经仰天长叹的农民不再看天的脸色，付保华或许已经做到了。

他在田间地头奔走，在大小商贩间穿梭，企业在他的手上不断发展壮大，一步一步，雄居行业龙头位置。而天生不言停顿的性格，也使他不愿躺在优渥的成绩单上，享受既得的收益而按部就班。他毅然离职，转战另一家农企，专职销售，以此不断锤炼自己。又是几年的打拼，将该公司的营业额从 5 亿元扩展到 20 亿元。

自然，有累累收获，就得有高昂的付出。人身终归不是钢铁铸就，长期的孜孜不倦，废寝忘食，还是让他的身体出现小恙，不得不停下脚步，找一个安静的地方休养。这期间，嗅觉灵敏的猎头公司纷纷找上门来，更有国内知名车企直接开出 200 万元高价的年薪。

几个月静养，无数个沉思，他没有在猎头和高薪之间做出选择。身体好了，他就将疾病连同辉煌的过去，一起抛之脑后。

与其为人嫁衣，仰人鼻息，不如另起炉灶，重建山河，他要开启一段自主创业的旅程。

做什么？其实他早已方向明确，成竹在胸。还是农业，还是农企。二十多年在土地上摸爬滚打，已经深根于斯，钟情于此。自然不会轻易违背初衷，去一个不熟悉的行业，追逐毫无把握的利益。

当他站在自己租来的一排活动板房前，人到中年的付保华，并没有因为办公室的简陋和寒碜而心生羞愧，反而滋生出一股昂扬的豪情。就好像站在自己的一亩三分地上，眺望丰收。虽是薄田，只要舍得流汗，懂得耕耘，便可以种出最香最甜的粮食和蔬菜。还有什么比亲手种植，亲自收获，亲口品尝，能让一个出身农村的农业人更高兴的呢？

在农业领域辗转了几十年，直到此刻，他才算真正实现了自己的夙愿。

爱农，爱田，是他内心最朴实的情怀，是流淌在血脉里生生不息的动力之源。他要用这份情怀，这股动力，滋润万亩农田，让万户家庭脱贫致富。

于是，他给自己的公司取名：农爱田。

而公司产品的注册商标是：侬爱田，润家园……

二、责任，担当，让农民留在土地上

“农民工”的大量出现，实际上是中国农村和农业走到十字路口后，探索性的一种产物，也可以说是慌不择路的一个选择。因此，出现乡村衰落、土地荒芜、留守儿童等一系列问题。

如何解决剩余劳动力，既让农民脱离贫困，发家致富，同时，又不至于离乡背井而抛弃土地？成为摆在各级政府面前的一道难题。

农企的出现和兴起，正是破解这道难题的一个重要方法。这或许是国家政策的引领，也是时代发展的必然。付保华不是第一个吃螃蟹的人，但是，他却是吃得最津津有味的那一个。这自然和他的初衷吻合。年轻的时候，他便毅然选择走进农企，倒不是思想前瞻，而是内心的责任使然。

如何提高农民种地的积极性，让他们的收成变成稳定收入？这些年国家出台了很多助农帮农的鼓励政策，水稻、小麦等主要农作物，通过贴补和保护价的方式，使绝大部分农民能够旱涝保收，劳有所得。可是仅仅靠耕种粮食，只能解决温饱，无法实现致富，只有经济农作物的栽种和收获，才能使有限的土地上产出更多的效益。然而，这样的农作物，受市场和气候的影响很大，国家政策无法面面俱到地去保护。而农企正好解决了这个问题。付保华的农爱田公司，就是针对大蒜、生姜、辣椒、洋葱、特色玉米等经济农作物，进行保护式、全方位服务。从育种、栽种、收购，加工，直到销售。实现了“科工贸一体化，产供销一条龙”。

有一句著名的广告词：我们不是水的生产者，只是大自然的搬运工。

付保华无疑也是一个“搬运工”。他将农民手中的大蒜、辣椒、玉米等蔬果，经过加工、冷藏等一系列“搬运”，漂洋过海，销到外国去。成为中国特色的商品，换回花花绿绿的外汇。

有这样的“搬运工”，农民笑了，他们不需要背井离乡就能在家种地赚钱。地方政府笑了，这些年，脱贫攻坚，乡村振兴，像农爱田这类农企的贡献功不可没。

示范引领，是挂在付保华嘴边的一句口头禅。农企的存在，不能停留在运输类的流通领域。他说，不能只做“二道贩子”，要成为农户种植上的参谋长和引路人。根据收成，他示范农户调节种子，根据行情，他引导农户更换品种。科学化种植，现代化管理。他说到，自然也做到。

农爱田自成立以来，公司业绩呈跳跃式发展。短短六年，迅速跨入亿元产值俱乐部，跻身国家级行业龙头企业。2022 年实现销售额 3.34 亿元。使得公司所在地徐州市铜山区大许镇及周边乡镇的近 5 万亩土地，6000 多农户，平均家庭年收入增加 4.6 万元。同时，2 万吨 / 年的大蒜等农产品的收储、加工、冷藏、运输等工作环节，也解决农闲时节的剩余劳动力，使得从前需要外出的“农民工”实现了就近就业，有了一份农田之外的相对稳定的收入。

农民留在土地上了。

付保华扛起他的责任和担当，也实现了“爱农”“润农”的初衷。谈到这里，我提起当下主题教育的一句关键词：不忘初心、牢记使命。他无限感慨地说，这八个字，恰恰是他这个基层党员内心的真实愿望，也是时刻提醒自己的一份严格要求。

三、踏实，诚信，赢得稳定长足的发展

“农企发展走上快车道，是因为摊上了好时代。”付保华说。

2016年5月农爱田公司挂牌成立。仅用了八天时间就办完了所有手续。这在以前是不敢想象的事。营商环境的改变，确实让本来既愁资金又忧客源的付保华，抓住机遇，搭上了顺风车。开业不到一个月，他便接到第一笔订单。

考察基地，聘请人才，注册商标，设计品牌，申报专利，架构运行体系……一系列操作，可谓行如流水，游刃有余。

合作商纷至沓来，分公司如雨后春笋。公司立住了，业绩迅速扩展。靠的是什么？自然是：踏实的工作作风，诚信的经营信誉。

有些人，利用资本操纵市场，囤积居奇，低价进，高价出，严重扰乱市场规则和秩序。还有些人，大量收购后，并无相关设备设施，不具备加工储藏条件，遇到阴雨天气，致使农产品发霉变质，造成极大浪费。这些都是付保华所不齿和深恶痛绝的。他一直坚持诚实做事，老实经营，有多大的能力办多大的事，绝不人心不足蛇吞象，更不暴殄天物。

对上不欺，对下不哄，是付保华为商为人的准则。对上，是指上游的供货农户，对下，是指下游的销售客户。市场变化，风云莫测。比如，全国大蒜销售的晴雨表："蒜通天下"的报价，每天都在更新。有时候采购的大蒜，最初的市场预测是微利的，但是，经过加工和运输环节的时间差，遇上价格一路走高，等到达客户手中，已经今非昔比，即便如此，他也是坦诚相待，依旧按合同价交货，毫不眼红其中的暴利。或者市场低迷，销售价格已明显低于采购价，他并不压价欺农，仍坚持按保护价收购。再有，遇到订单客户资金周转不开，一时难以按时支付货款，他也是尽量先送货，不影响对方的市场供应和商业运行。当然，货款不能及时回笼，难免会出现资金周转不开，他宁愿贷款付利息，也不肯拖欠农户的辛苦钱。这就是付保华的经营之道。

徐州有句老话：吃小亏，赚大便宜。人人心里有杆秤。

踏实，诚信，有可能给他减少一些利润，甚至带来一时的损失，但更多的时候，使他赢得了生意伙伴的高度信任，进出货源稳定了，人脉资源开阔了，自然会迎来公司长远的发展。谁不愿意和踏实而诚信的人做生意交朋友呢？

他说，最惨的一次，1000 多万元的一单，竟然亏了 700 多万元。那么，最高光的一次呢？哈哈，他自然不会告诉我。

你看，六年前，还是活动板房的农爱田，而今在铜山区的大许镇太山村，拥有高端气派的 2 万多平方米的现代化厂房，有 6 条保鲜产品生产线，有 16 座大型恒温冷库……

这说明他的生意是蒸蒸日上，他走在一条健康而高速的发展之路上。

我问他，今年的行情怎么样？他说，去年大蒜的地头收购价是一斤七毛，今年是两块五，翻了三倍多，农户一亩田的收成可以过万，是个好年景啊！我说，蒜贵了，会不会影响你的销售？他笑着说，没有什么影响，我的上下游客户都是稳定和牢固的。

从容自信，是企业良性发展的最好说明。踏实诚信已经为他赢得了天下。

四、前瞻，创新，企业才能走得更远

挂在付保华嘴边的示范引领，其中的示范，就是让农户使用优良种子，规范科学种植方法，这样才能保证丰产丰收。

谈到种子问题，他马上兴奋起来。从袁隆平老爷子的杂交水稻，谈到小麦、大豆、玉米和蔬菜。从芯片被卡，说到对种子现状的担忧。作为一个农业人，他说，命根子不能抓在别人手里，而种子就是农业的命根子。

好在，国家已经意识到这一点。付保华说，这几年对种子问题已经上升到战略高度。各地农科所和育种公司都取得了喜人的成就。就拿大蒜、辣椒一类的蔬菜种子来说，目前基本已经实现国产化。

作为农科专家和行业带头人其实早在几年前，他就已经涉足这个领域了。他和山东省农科院的孔素萍团队深度合作，成立徐州润家园种业研究院，并亲自担任院长。同时，又引进浙江省农科院的王克剑团队，全面开展大蒜和水稻种子的精准培育和示范推广，建立农产品研发重点实验室，构建异地试验田，建设农业科技企业、数字农业和物联网。其研究成果获得国家科技进步二等奖和徐州市科技进步二等奖。申请发明专利和实用新型专利 40 余项。

谈到这些成果，他已经神采飞扬了。我不合时宜地提了个好奇的问题，我说，你为啥将种子基地选址在山东，放在徐州本地不好吗？他说，一个优良的种子种过一茬后，如果明年依旧在这块土地上种植，就会减产，通常称之为“连作障碍”。这与土壤、气候及病虫害有关。为了优选和改良，异地育种，即种子异地化，是必由之选，也是破解之道。

经过几年的探索与创新，农爱田育种推广面积30余万亩，单就大许镇周边的数万亩菜地，数千户人家，每年都能使用上安全高产的种子，真正实现了农业命脉自己掌握的心愿和目标。

另外，品牌战略，也是企业发展的必经之路。付保华针对自己的五大农产品，打造注册了八大品牌。并通过ISO9001质量管理体系认证、HACCP体系认证、绿色产品认证、良好农业规范（GAP）认证以及全球GLOBAL GAP认证等等，来强化自己的企业管理，规范公司的经营方式，严控销售的产品质量。用现代化、标准化、规范化统领企业的发展。目前，农爱田旗下的产品在国内和国际市场上，都已具有一定的知名度。

把握住种子的优选，农户的收成稳产高产，自然焕发出耕种的积极性，公司便有了充足而优质的货源。同时，自己的经营管理规范了，产品的质量不断提高，企业的发展基础牢靠了，农爱田的事业已经走得更稳更远。

五、国内，国际，走出去才有新视野

用“内卷”来形容当今国内某个行业状况，无论是供过于求还是奇货可居，似乎大蒜、葱、姜等蔬菜市场都逃不出这个怪圈。曾经流行一时的“蒜你狠”“姜你军”等辛辣词语，依然时不时在媒体和网络上出现。贵的时候一斤蒜抵上一斤肉，贱的时候一块钱能买一大包。如何突破这样的经营怪圈？让内斗变成有序竞争，让商品流通到需要的地方去，物尽其用，物有所值，是中国市场长期面临的一个问题。或许只有走出国门，参与国际市场的洗礼和调节，才会有出路。

有多大的视野，就有多大的胸怀。

作为国家级行业龙头的民营农企，付保华自然不愿局限在国内市场里转悠。立业之初，他就已经明确自己产品的定位和销售方针：走出去，去国外市场。他更钟情于产品的延伸和附加值。

几年来，他和他的团队的足迹早已遍及大半个地球。农爱田的业务也随之扩展到印尼、澳大利亚、荷兰、突尼斯、韩国以及阿拉伯世界的 20 多个国家和地区，他们在泰国、澳大利亚、德国等 8 个国家，注册了境外商标。在欧洲、东南亚、南美、非洲等地的 9 个国家，成立了销售渠道和分公司。在印尼的雅加达和泗水两个城市，建立了公共海外仓。

和外国人打交道，不仅仅是赚取外汇，也是一个学习的过程。学习人家的管理经验，诚信作风，了解他们的民族特色，生活习俗，为自己的产品改良，做参考和定位。这些年来，付保华从中学到不少东西，也尝到了实实在在的甜头，因此，每年他总有几个月的时间泡在海外。而公司的境外销售额也以数百万美元的幅度，年年递增。

六月初，他和铜山区及大许镇领导一起出访泰国和阿联酋，就是考察国外仓储基地，和当地华人商会谋求合作。从他春风得意的神色，侃侃而谈的语气，就知道此行他一定是满载而归。果然，随后他和我谈了这次考察的结果，以及签订的合作意向书，都具有其深远意义，为公司未来的可持续发展提供了有力保障。

目前，农爱田的市场，有一半业务已经拓展至海外。2022年实现境外销售2180万美元。

六、目标明确，信念坚定，农爱田明天会更好

爱农，担当，诚信，创新，国际化，是农爱田的核心价值观，也是付保华制定的11字企业精神和战略方针。

事实证明，他目标明确，信念坚定，事业发展已经初见成效，初具规模。不但公司有了可观的经济效益，而且企业的层次也在不断地提升。从区级、市级、省级，直至晋升为国家级农业产业化重点龙头企业，以及国家级农业科技型企业，省重点物流企业，省双创团队企业，省数字农业农村基地企业，省民营科技企业等等，可以看出他们的一年一个进步，一年一个新台阶。而他个人的荣誉也纷至沓来：荣获徐州市第一批国家职业经理人，市优秀民营企业家，区双新组织“红领先锋”。更为难得和荣耀的是，去年他被申报为：第六批全国农村创业创新优秀带头人，获得徐州市高质量发展领军企业家。这在全市农企行业是不多见的。

当然，这一切的成绩和荣誉的取得，离不开党和国家的正确引领，也离不开地方政府的大力支持。付保华如是说，近年来，中央出台很多惠农利农的政策，尤其是为农企减免增值税和所得税，使得我们一起步，就能轻松上阵，得以大展宏图。市农委、铜山区以及大许镇领导班子，在我创业之初和困难之时，总是伸出援助之手，付出友爱之心。要地给地，要钱给钱。

跟踪办手续，帮忙报材料。贴心服务，用心帮扶。甚至为企业为我个人的荣誉，也是上援下推，殚精竭虑。有地方政府打造的如此营商环境，企业想不发展都难！

谈到未来的发展，他信心满满。近期目标，他确定为三年到五年时间，争取上市，不管是深交所的创业板，还是北交所的新三板，他希望尽快使农爱田引入新的模式和理念，走上标准化规模化的发展之路。中长期蓝图，他的目光依旧放在种子上，他希望在这个领域有所建树。他说，只有抓住核心科技，核心产品，才能在国际大舞台上，争得一席生存之地和话语权。

临别时，面对这位淳厚朴实，却透着一股刚毅与豁达的中原汉子，我油然而生一股好感，竟有点依依惜别的情绪。我们握手告别时，我又开玩笑地问了句：你还有终极目标吗？付保华笑着说，有啊，如果有一天，在全国乃至全球范围内，一提江苏，一提徐州，人们就想到“农爱田”，就像现在人们谈起“徐工”一样，我就很满足了。那时候天下都知道：徐州有个农爱田！

不入大许，又怎知春色如许

周盛楠

徐州一路向东，和着温柔的春风，穿过波光粼粼的二八河，走进拥有上千年镇域开发史的大许镇。

如果有梦想，会在哪里起航？如果有彷徨，如何找到方向？答案就在镇中心这片最气派的建筑，大许高级中学有整洁宽敞的教学楼、400 米塑胶跑道、标准的田径运动场、篮球场和乒乓球场等体育设施，仪器设备完善的实验室，5 万余册藏书、班班均配有多媒体，校内绿草茵茵、树影婆娑。在这里，学子们尽可在知识的海洋任意遨游，感受知识的无穷魅力；运动时，在跑道、球场挥洒青春的汗水，享受运动的活力快乐；闲暇时，石拱桥上俯瞰湖水中嬉戏的鱼儿、凉亭边欣赏舞动的喷泉和娇花绽放，正是无限好春景。一个甲子，曾经的土路矮舍换了新颜，六十载的砥砺奋进，大许高级中学的学生在区、市捷报频传，十年树木，百年树人，正值尚文重教的新时代，大许高级中学矢志不渝铸就了辉煌，更点燃了继续前行的希望，好风凭借力，扬帆正当时。

街道热闹非凡，路不算特别宽，两旁有各色的小店，来来往往的人们有的大声寒暄、聊着家常，有的忙着手中的活计，还有的独自匆匆走过，最平常的生活里总少不了认真生活的人，为了让腰包更鼓些，给父母多买点营养品，给媳妇儿添件首饰，给孩子买个新玩具或几本好书，晚上备几样可口小菜，日子就这样一天天过来了。镇子有的是朴实的烟火气，不急不慢的光影里，寻着份最妥帖的安心，品着有滋有味的幸福。

这里，就是大许，位于江苏省徐州市铜山区东部的农业强镇，面积 129 平方公里，社会人口近 10 万，地理坐标为东经 117.33 度、北纬 34.16 度，距离徐州市中心 30 公里。大许实在是个浪漫的镇名，“一往情深深几许”“写得相思几许”“试问闲愁都几许”“如今若许闲乘月”——这许多情思缱绻，都成就了大许的诗意。绿色的田野一眼望不到头，手中搓好的青麦仁满是清甜的味道，路旁有盛开的石榴花，“一朵花开千叶红，开时又不藉春风”，火红花朵开得极艳。

这所有的岁月静好，一切的盛世繁华，都离不开先烈们的舍己报国。位于朱庄村的烈士陵园，长眠着抗战期间牺牲的朱太珍等三十五名烈士。陵园甬道拾级而上，平台中央矗立着纪念碑，“永垂不朽”四个字苍劲有力，环绕着的青松翠柏笔直挺拔，如同革命者的铮铮铁骨不屈而顽强。铭记历史，走再远都不要忘记来时的路，是烈士们用坚定的信仰和无畏的牺牲保卫了国家，用年轻而鲜活的生命换来所有人今天的幸福。历史是沉甸甸的，因饱含着不朽的革命精神，责任是沉甸甸的，因担负着先辈们的殷殷重托。守陵老人多年义务讲解烈士英勇事迹，说起神枪手朱太仁两次击毙三个鬼子时的骄傲自豪，谈到壮士英勇报国时眼中泛起的点点泪光，都在以最深沉的爱来缅怀先烈、让红色基因代代相传，在这片英雄的土地向烈士致敬，向英雄致敬！

岁月匆匆而逝，留住的是深处不曾磨灭的沧桑。大许西探村的枝子楼，建于明朝洪武年间，总有几百年的历史，青砖包土坯，白灰膏勾缝，房顶是木棒和青瓦所造，无数的风吹雨打在枝子楼留下了斑驳印记，房子里面很暗，由木窗和顶部木棒的缝隙透下一点亮光。枝子楼的每一处破朽都令人惋惜，所有的日夜更替都刻进了深深浅浅的伤痕里，我们不知道这里曾上演多少悲欢离合，又见证过多少沉浮变迁，也许还藏着不为人知的秘密，下面有没有隐蔽的暗室或秘道，经过岁月长久沉淀的建筑总自带着某种神秘，谁又能知道呢！数百年屹立不倒的枝子楼就在那里透着股倔强，一侧的屋角爬满了苍翠的藤蔓，柔软而韧性的身躯紧紧缠绕着古老的传说，随风卖力地摇曳着，一心想展开新的开始。

作为农业重镇的大许镇，以“党建＋股田制”成功走出一条富民之路，以好政策、好待遇、好服务为依托，统筹优化土地、资源，切实增加农民收益。大蒜白、菊花黄、玉米黑、草莓红、葡萄紫、西瓜绿、毛豆青的七彩农业，伴着花香，捧着硕果，激扬起大许镇春的芬芳。

地里迎来了起蒜季，长长的蒜苗有些像肥厚的大葱叶，蒜头被拉出时还依依不舍地裹着泥土，蒜农们利落地挖蒜、抖土、剪蒜，很快田垄上就堆满了一排排新鲜饱满的大蒜，浓郁的蒜香随风四处飘散，白里透红的蒜头神气而骄傲，好年景好收成让蒜农们脸上乐开了花。

金色的麦浪翻滚，把大地染成了一片金黄，又朝着天边浩浩荡荡地晕染过去，空气里麦子的味道，清淡朴实却又厚重地袭来，成群的麦穗挤挤挨挨的，越成熟就会越谦逊地低垂着脑袋。每年麦收季，镇里都会早早调配好上百台大型收割机、灭茬机、联合收割机、大型拖拉机等，并准备好烘干机，实现“抢收＋烘干＋晾晒”一条龙，用收割机、还田机和旋耕机昼夜作业，做到人歇机不歇，保证小麦成熟一块、抢收一块，秸秆还田、离田一块，全过程无缝对接。麦田上机器的轰鸣声成了最悦耳的喜报，饱满的麦子颗粒归仓，又是一个丰收年。

从镇中心到田间，穿行于一个个古老而年轻的村落，有位老汉坐在门前吹着《得胜令》，唢呐声格外嘹亮，欢快激越中透着些耐人回味的曲折。太阳西下，轻纱般炫丽缥缈的晚霞仍静静蔓延着美好，村庄里有袅袅炊烟升起，谁家的地锅鸡正欢快地散出诱人的香味，镇上的老字号刚做好了蜜三刀、羊角蜜，主顾们争着品尝这份甜蜜。

这就是大许，厚重的大许，烈士们用生命护佑的热土，后来者用奋斗书写时代的辉煌；多彩的大许，七彩农业造就出的繁荣重镇；活力的大许，在希望的田野上开拓崭新的未来。

这就是大许，以浓墨重彩的底蕴绘出稳步发展的蓝图，以势如破竹的速度奏响新时代前进的号角，以智圆行方的格局创造金山银山又留住绿水青山。

这就是大许，有春风拂过的舒畅、夏日似火的热情、秋收累累的硕果，冰天雪地的灵动。鲜明的大许，昂扬的大许，一眼千年的大许，锐意勃发的大许，用最真切的热诚，承载着无悔过往，描画着今天的美好，更开创着锦绣未来！

树立东南，叶茂枝繁

——一棵树和一所学校

朱孝伟

铜山区的东南有一所高中，高中校园的东南有一棵大树。高中在大许，大树是法桐。高中一直都在那里，法桐却数易其地而且越挪越旺。

走进大许高中，主干道的左侧是教学区，敏行楼、笃志楼、泽贤楼从南到北依次布列，干道的尽头是行政楼杏苑；右侧是运动区，篮球场、排球场、羽毛球场和操场。操场的东南角，便是那棵见证了这所高中风雨前行、砺志发展的校园“树王”——法桐。

学校里不缺少树，乔木灌木，春夏秋冬，挺拔的苗条的，婆娑的袅娜的，花艳的果香的，郁郁葱葱，四季纷繁。可是，它们都没法与“树王”比肩。这棵法桐之所以能称得上“树王”，一是因为它树龄长资格老，二是因为它枝繁叶茂高大轩昂，最主要的还是因为它承载了许中人数不清的珍贵记忆和深厚情感。

1956年春季，一帮创业者受政府委派，来到大许人民公社，赤手空拳，和泥制坯，垒墙架梁，建造了两间校舍，一间是教室，一间是宿舍。厨房？旁边那个临时草棚就是。同年九月从全公社招来了第一批共25名高校学生，这就是现在的江苏省大许高级中学的滥觞。首批披荆斩棘的创业者均已作古，多方访问他们的后人，遍查相关史料，都没有曾经栽树的记忆或者记载，留下的只是筚路蓝缕任劳任怨为党立教为国育人的自我牺牲勇于奉献的精神。

2021年，一群白发老者齐聚许中，一看办公楼一楼会议室后墙红色横幅上的文字——欢迎1961届校友重回母校，才知道他们已经阔别这片热土一个甲子了。机不可失！向这些老学长仔细打听，你们当年上学的时候，校园里面有没有一些树，比如法桐？老者们目光深邃，眼神交汇，穿过岁月的长廊，几经艰难的汇兑，缓缓确认了一个重要史实：在学校的北墙附近，有五棵树，第二棵就是法桐，只有擀面杖粗细！这些稚嫩的树苗，迎着朝阳鼓掌沐着晨风歌唱，如饥似渴地吸收着知识的营养，又把科学文明和新的风尚传播四方。

20世纪70年代末期，学校已经发展到了4个高中班（高一高二各2个班）6个初中班（初一初二各3个班）的规模，教学质量稳步上升，社会影响日益提高，争取考上大许完中（初中高中都具备的完全中学），已然成了大许乡莘莘学子的梦想。为了适应学校发展，需要新建一批校舍，北墙一带也要翻盖一个规模较大的公共厕所，那几棵树也面临着搬家的命运。当时的老校长唐宝华后来回忆说，那几棵树都有手臂粗了，长势喜人，又跟多少届师生朝夕相处，大家都担心万一挪走不能存活，树可惜了不说，我们也会成为学校发展史上的罪人。一时间左右为难，举棋不定。后来还是唐校长拿定了主意：人挪活，树挪也要活！想想咱们学校从刚开始的简陋破烂，默默无闻，发展到现在的蒸蒸日上，广有影响，靠的是什么？不就是不怕困难的红梅品格、埋头耕耘的黄牛精神、不计名利的绿叶风格吗？拿出我们认真办学的劲头，一心为学生的传统，这些树就一定没有问题！果然，搬家到两层教学楼前的那五棵树，在师生们的精心呵护下，很快焕发了生机，完美跟上了学校发展的步伐。

1989 年，为了更好发展乡村教育事业，按照铜山县政府要求，初中高中必须分开，初中部从原址迁出，搬到了大许街西头，大许高中迎来了新一轮的发展机遇。崭新的运动场建好了，炉渣铺就的跑道，绿草青青的操场，旁边竖立着旗杆的泥土夯筑的主席台，一切都是那么赏心悦目。美中不足的是，主席台的两侧光秃秃的，总感觉少了点什么。两棵树！有人脱口而出。如果两边分别栽上一棵树，既是重要的陪衬，又方便开会时拉横幅贴标语，多好！集思广益，从实用性、观赏性、可行性等多角度考虑，选中了教学楼前那棵主干秀颀、枝条青翠、树冠优美的法桐。可惜只有一棵！困难从来都难不住许中人。总务后勤的几个领导职员，分头去周围十里八村寻访，终于在单集医院发现了一棵大致相仿的法桐。商谈，作价，移植，分立两旁，相得益彰，堪称完美！我听说，为了保活，有个毕业班就负责每周为这两棵树浇水，那叫一个尽职尽责。七月高考，那一届考得非常出色，其中一个叫孙龙的学生，就是浇水小分队的队长，家住大许中学东面的李瓦村，收到了清华大学物理系的录取通知书。多年以后，孙龙应邀从境外回母校参加60周年校庆活动，还专门来到这棵法桐跟前，徘徊抚摸良久，深情回忆当年，以至于后来有远大志向的高三学子，高考前总会也来到这棵“清华树”前，虔诚许愿，暗自加油……

白驹过隙，时光荏苒，转眼已是21世纪的20年代，大许中学迎来了又一次重要的发展良机：迎验江苏省四星级高中。全校上下同心同德，群策群力，攻坚克难，全力以赴。操场的标准必须至少升级为400米6道次，面积要扩大，主席台要拆除，法桐要挪走。学校的很多老职工看着这个树冠阔大、枝干挺拔的“树王”，眼里心里充满了不舍和忧虑。树龄那么长，挪了还能活吗？树身那么大，哪儿才是它合适的新生之地？如果有个闪失，谁能负这个责任？校长开明通透，一锤定音：法桐是学校发展的历史之树，也是历代许中人的情感之树。它见证了学校的蓬勃成长，这一次理应再为学校发展做出无可替代的贡献；它承载着所有许中人的美好情感，我们更有义务把它保护好，照顾好。经过比较权衡，反复论证，教代会通过，终于决定把这棵独一无二的“树王”移植到风水极佳的地方——操场东南角的一片空地上。此处东靠水源，南无遮挡，四周没有污染，条件得天独厚。在专门聘请的园林局专家的一路悉心指导下，移植工作有条不紊，后期的保活也一切顺利，大家都长长地舒了一口气。

2021年9月10日，喜讯传来，大许中学顺利晋升为江苏省四星级高中！这是一个有重要意义和深远影响的里程碑事件，它标志着这所远近闻名的农村中学，综合实力和总体评价跃上了一个新台阶，未来发展也驶入了快车道。当天晚上在操场举行的欢庆活动圆满热烈，人们沉浸在奋斗换来的幸福里，久久不愿离去。

第二天一大早，晨练的师生们惊奇地发现，操场东南角那棵合抱粗的茂盛的法桐，靠近下面的枝枝叶叶上，系满了漂亮的红丝带，热烈，亲密，执着，闪亮，默默无言却又像是在诉说着什么……

没有“一线”“二线”的王院长

魏德君

王平，大许镇中心卫生院外科主任医师，业务副院长，主管院长。他坚守医疗岗位48年之久，就是一个只知道看病、手术，不知道什么叫“一线”“二线”的人。近50年来，他以精湛的医术，高尚的医德，可贵的自我价值观念，卓越的工作成绩，博得了广大患者的赞誉和同行的认可及相关上级部门的褒奖。

他1945年出生，1970年毕业于南京医学院，1973年来大许公社医院工作，1982年加入中国共产党，1984年任业务副院长，1985年获“省劳动模范”称号。1994年任主管院长。1998年退出院领导岗位，1999年获主任医师职称；他是徐州市第九届人大代表；两次被评为市劳动模范，一次被评为“江苏省卫生系统先进工作者”；1994年被评为“徐州市首届十佳白衣战士”；1995年被卫生部、国家计生委授予“计划生育万例手术无事故”称号；2005年（66岁）获得“徐州市白求恩式卫生工作者”等荣誉称号；2018年获得徐州市“卫生工作40年终身成就奖”。

这些鲜亮的光环后面，殊不知他是怎样以自身的特质为动力、以忘我的精神为支撑、以无私的奉献为乐趣、以真诚的服务为追求，无怨无悔地度过 48 个春夏秋冬。

1973 年 6 月，他被分配在大许公社医院任外科医生。当时医院没有外科，条件非常艰苦，房屋简陋，器械药品短缺，新组成的“外科班子”除了他之外，仅有一名外科医生和一名麻醉医生，且文化程度较低。所有患深部脓肿，外伤需清创缝合的病人，都得转县医院治疗，许多危重伤病员常常失去抢救的黄金机会。他看在眼里，痛在心上，暗暗下定决心，一定要用自己学到的医疗技术为患者解除病痛。从此，他走上了一条充满艰辛的耕耘之路。他带动大家整理出面积 40 平方米的简陋手术室。全院仅有 5 名护士，只够应付门、急诊正常工作，术前刷洗器械、打包、生火消毒，其他工作都由他自己完成。王平团队每月近 40 个工作日（白班 25 天，全夜班 15 天），常常是不分昼夜连轴转。手术室里没有取暖降温设备，夏天时汗流浃背，冬天时寒冷透骨，然而他凭着对伤病员的同情心和责任感，让每一个来做手术的患者都感到春天般的温暖。由于他的言传身教及高尚医德、精湛医术的影响在本地及周边乡镇的不断扩大，医院常常是“‘患’满为患”，缺少床位。同时也吸引了众多医学院校的精英向大许医院聚集，医院外科不断发展壮大，其后拥有病床 51 张，3 个手术室，16 名医生均具备大专以上学历，能开展普外、胸外、泌尿、骨科、脑外手术，每年住院病人近 2000 例。王平的到来，让大许镇中心卫生院外科上了新台阶，好名大扬。他带领外科团队刻苦钻研业务，手术范围从简单的脓肿切开引流、体表肿瘤切除逐渐扩展到阑尾微创、疝修补、肠、脾、胃癌，胰头十二指肠切除；肾癌、肾上腺肿瘤、膀胱癌根治切除；尿路结石、前列腺、尿道狭窄切除吻合；乳糜尿肾蒂巴管结扎，乳癌根治切除、肺叶及全肺切除；纵膈肿瘤切除；卵巢、输卵管、子宫、阴道等多种疾病的手术，且从未发生医疗事故。

1987 年他在徐州地区同级医院中率先成功开展了食管癌根治切除术，效果令患者满意，他先后在《中华泌尿外科杂志》《江苏医药》《徐州医药杂志》发表论文 6 篇。他对待病人满腔热情，为挽救伤病员生命竭尽全力，敢于承担责任。

1990 年 1 月的一天夜里，一汽车驾驶员因车祸受伤被送进大许镇中心卫生院，当时伤者脉搏细弱、呼吸急促、处于外伤性休克状态、危在旦夕。王平闻讯后从家中赶来，诊断为内脏破裂，生命垂危，急需紧急手术抢救，当时伤员家属及其单位领导不在场，肇事者逃逸，也没有医疗经费。时间就是生命，为了抢救伤员，他主动承担一切责任，决定术前没有家属签字也要进手术室，没有经费也要照常输血、用药、抢救和手术。他上台主刀，伤员的肝、脾膈肌破裂，胃大部嵌入左侧胸腔，胸腔内大量积血。立即进行脾切除、经过一夜抢救，病情趋于稳定。痊愈出院时，病员及其家属激动万分，感谢医务人员给了她亲人第二次生命。

王平从 1994 年任主管院长，在 15 年领导岗位上，他一直坚守在医疗“一线”，大部分时间从事门诊、查房、手术、带教下级医生。他始终保持清正廉洁，把有限的资金全部用在医院建设发展上。

他说："院长只是一个称号，实际上是外界给予的一个资源。我要利用好这个资源，开发好医院的源头活水。"他深知"院长"实际意义上的内涵体现的是：视野的拓展及远瞻；判断力的敏锐及全面；业务能力超卓及才德兼备；以身作则的凝心聚力。所以他担任院长 15 年一直是战斗在"一线"，极度发挥特长，展示领导才智，把大许中心卫生院不断提高档次、影响力和扩大辐射半径。1998 年退到"二线"后，他更是"无官一身轻"地利用他的高才大德继续战斗在"一线"！加上 2005 年退后留聘，一干又是 23 年。

王平大学毕业就在大许镇中心卫生院（前大许公社医院）工作，48 年来，他把青春全部交付了病人；把心血都倾注了他热爱的神圣岗位。他的光和热将激励、鼓舞着大许中心卫生院的新一代医护人员，救死扶伤，大医精诚地为广大患者服务，营造和谐的医患关系和良好的卫生环境，让大许中心卫生院在新时代再创辉煌！

王秀珍：给儿子撑起一片蓝天

魏德君

这里讲一位只有小学文化、只有27岁生命的青年诗人——邵达；这里还讲一位同样只有小学文化，但却是感动全国的“江苏好妈妈”、“中国好人”——邵达的母亲。

说起这位母亲王秀珍，令人同情之外，不禁竖起大拇指。地方媒体和央视报道她的感人事迹后，连国外友人也纷纷赶来她家。

王秀珍和丈夫邵明才是大许镇邵楼村一户普通的农民，夫妻二人朴素勤劳，和谐幸福。1990年11月又添一男孩，全家喜上眉梢。男孩取名邵达，在百般疼爱和真情呵护中愉快成长，一家老少其乐融融。然而，天有不测风云。1996年冬，邵达开始走路时常跌倒，渐渐不能行走。上学去只能由母亲用自行车推着，遇到雨雪天气，母亲把儿子包裹好，自己淋着雨雪送孩子。后来，儿子连自行车也不能坐了，身体开始萎缩、消瘦。母亲就背着他上学。

治病起初，是母亲带着儿子利用星期天和节假日给儿子看病，跑遍了徐州所有大医院，都诊断为“进行性肌营养不良(肌肉萎缩)症”。并告诉她：目前国内没有成功的治疗案例。更有医生断言：病人生命不能超过十八岁。这对作为母亲的王秀珍来说，无异于晴天霹雳。于是她卖掉所有粮食及值钱的东西，去杭州、南京、上海为儿子看病。一个月要去上海三次，还要日夜排队挂专家号，每次治疗都要近万元。先后去了13次。王秀珍夫妇省吃俭用，东拆西借，又背下了30多万元的债务。

一次在上海看完病，还没拿药，被人偷去了近6000元，王秀珍欲哭无泪，只能把仅剩的零钱给丈夫坐车回家借钱，她和儿在上海苦等几天。之后，实在没钱了，治疗效果也不明显，2011年冬回家服药治疗。可怜的小邵达渐渐不能行动，连吃药吃饭都靠人喂。大小便失禁，呼吸困难，到21岁时基本失去自主呼吸功能。生命迹象微弱。母亲试着学电视里人工呼吸那样按压儿子的胸部，按了一会儿，儿子说：舒服些。王秀珍喜出望外，一天到晚无数次按压，每次都按几百下。一年多按下来，儿子渐有好转，加上吃药，母亲又想尽办法为他买些能增加肌营养的食物，自己却因营养不良多次晕倒或不得坐下闭眼休息。

就像儿子所说：

“大方的是我母亲，

但小气的却是我的娘。

对食不奢求啥样，

从不买件新衣裳，

一心节俭的钱全都给儿用，

对儿子的照顾一直有方向，

对儿吃食细心又讲究，

这可难为了我的娘。”

两三年来，王秀珍每天为儿子擦洗身子，接小便抠大便，夏天给扇凉风，冬天给烤火，经过两年多，三千多万次的按压，邵达的生命得到延续。原来品学兼优的邵达，又燃起了求知的欲望。但他不能拿笔，母亲弄来台旧电脑，手把手教儿子打字。儿子写下了这首感人肺腑的诗歌《大方的母亲　小气的娘》。

具有伟大母爱的王秀珍，用三千多万次按压，救回儿子的生命，打破了医生“邵达生命不过 18 岁”的断言。同时，也惊动了各大媒体。徐州电视台、徐州几家报社、网络相继报道，江苏卫视在王秀珍家里直播，中央电视台在黄金时间段，用长达 6 分钟向全世界播报这一震撼人心的新闻及平凡母亲的壮举。

加拿大年近 80 高龄的麦时任医生和老伴，看了这一中国新闻后，关上自家的诊所，带着药品，跋涉近两万里来到王秀珍家，免费为邵达诊疗十几天。咱当地人亲切称他们夫妇是一对白求恩。

澳大利亚“傲世家”企业看到王秀珍按压救子新闻后，先后两次远渡重洋，为邵达送来先进的羊绒床垫和专用医疗器械。

社会各界也纷纷前来探望和捐钱捐物表达对邵达一家的支持。徐州市慈善总会在中秋节为邵达送去了价值数万元的呼吸机、吸氧机及护理摇床等设备。徐州瑞博医院员工为邵达捐款 1 万多元和物资及义诊，仁慈医院也捐款捐物为邵达义诊。

这些国外友人的义举和政府、企业及一些好心人士的关爱，深深地感动了王秀珍夫妇，也延长了邵达的生命。更感动了小邵达。以致后来他在生命垂危时，告诉妈妈：“如果我走了，一定要替我感谢那些帮助过我们的人。”

母亲父亲 17 年的精心呵护，使邵达生命比医生断言的时间延长了十年。王秀珍用行动诠释了“含辛茹苦”的全部内涵。真的“为儿子撑起了一片蓝天”。2013 年，王秀珍被评为“江苏好妈妈”、温暖中国之“‘尊老爱幼’中国好人”。由市区镇领导陪护去北京人民大会堂受奖。

毕竟邵达的“进行性肌肉营养不良症”，在国际上西医也无法通过基因治疗或干细胞治疗来治愈。2017 年 12 月 5 日，28 岁（习惯岁）的邵达，因感冒引发肺炎等并发症，带着对明天的憧憬，带着父母的遗憾，留下用生命写下的三百多首诗歌，安静地离开了人世。

饱经风霜，备尝辛酸的王秀珍天塌一般地痛苦欲绝。但她在亲友的劝导下，想到儿子的顽强，想到政府及各界对儿子的关爱，想到无亲无故的国际友人的义举，想到国家、政府、社会对自己的认可及授予的荣誉，她振作起来了！她决心要感恩社会，报答社会！

她说，我的孩子是社会的，受到了社会的关爱。我作为一位母亲，母亲更应该是天下的，我要用实际行动报答社会，用我的心情和行动为更多弱势孩子换来哪怕是微小的温暖。

王秀珍在相关组织机构的协助下，开办了“邵达公益坊”，开设了 6 个“邵达公益坊爱心活动基地”。每年都多次参加不同单位组织的公益活动，到过徐州特殊教育学校、南京浦口区特殊教育学校、邳州唯爱工益、徐州小坝山部队“绿军装”公益组织……为子弟兵、残疾、弱势、困难儿童送去食物、香包和温暖；还装箱三千余个香包送给加拿大、澳大利亚的爱心人士……

我去采访时看到的王秀珍，正在鸭场食堂里切菜。她清瘦憔悴，衣着朴素，但目光透着刚毅，语言充满自信。她说，困难是暂时的，我们夫妻还有两双手，我们要努力做好工作，努力办好邵达公益坊，把余生的光和热，回报给社会。让更多的残疾、困难、弱势儿童得到良好的治疗、教育和未来。

奉献关工路，今生不停步

——记李富义的优秀事迹

朱孝伟

2018年3月5日，星期一，下午。大许中心中学的操场上，全校学生隆重集会，主席台上一位老者正在作学雷锋的主题报告。老同志讲得娓娓动听，同学们听得聚精会神。突然，老者感觉眼前一黑，脑子一片空白！他意识到这是血压又升高了，只见他缓缓地从随身携带的包里取出一片降压药吃了下去，轻轻挥手退去了过来照看的工作人员，稍微好了一些又接着作起了报告。

这个为中学生义务做报告的老者，就是大许镇关工委的李富义同志。老李坚持作完了报告，去医院一检查，高压已经升到210毫米汞柱！医生为他开了住院单，因为第二天还要到另一所学校作报告，他放弃了住院。老伴埋怨他不爱惜自己的身体，他却风趣地说，就是光荣了也要倒在工作岗位上。

熟悉李富义的人都知道，老李1942年6月出生，1998年开始从事关工委工作。近 30 年来，他一心扑在党的关心下一代事业上，先后被中国关工委、省关工委、文明办以及市、区委评为关心下一代工作先进工作者，被省委组织部、老干部局评为全省离退休干部先进个人，被徐州市委市政府评为法制宣传教育模范、普法达人、徐州市未成年人保护工作先进个人、徐州市优秀校外辅导员，等等。他领导的镇关工委先后被省、市、区评为先进集体，省、市优秀校外辅导站和先进电子阅览室，徐州市“五有五好”基层关工委和铜山区示范关工委。

这么多显赫的荣誉，都是李富义同志辛苦工作努力付出的见证。此中的甘苦，只有李富义自己最清楚。

打铁还须自身硬。为了做好关工委工作，李富义同志一贯重视学习党和国家领导人关于青少年教育的论述，特别是近年来习近平总书记关于关心下一代工作的重要讲话、重要指示，学习认真，领悟透彻，结合实际，学以致用。他学习党的十九大精神和习近平总书记在庆祝改革开放 40 周年大会上的讲话的体会文章，被《徐州关工》和中国关工委“关爱下一代新闻网”全文发表。他撰写的抗战胜利 70 周年活动方案和传承红色基因宣讲稿分别获省一、二等奖。他常说，我在 50 多年前的入党誓词里就表达了要为共产主义事业奋斗终身的决心，我要不忘初心，为党的事业活到老干到老，生命不息，奋斗不止。

职务可以退休，但是工作和奉献不退不休。退休后，李富义还和在职时一样出满勤、干满点，工作劲头始终饱满。他经常骑着自行车奔走在各学校、村组，为青少年作报告，宣传党的教育方针。据不完全统计，近 30 年来他骑车的行程超过 4 万公里。2019 年暑假的一天，他独自一人冒着酷暑骑自行到各村检查辅导站活动情况，这一天他跑了足足有 40 公里路，中午连饭都没有吃。在回家的路上，他又累又饿又热，中暑晕倒在公路旁，幸亏被一位好心的过路人给救了。

只要用心，必有回报。既善于动手又善于动脑，是李富义同志多年养成的习惯。即使正在吃饭，只要想起一件关工委的事，饭碗一放，他一定就去打电话或记笔记。有时夜间想起一件工作上的事，也是马上打开灯，趴在床上记在工作笔记里。他总结的关工委“六字工作法”被省、市、区广泛推广，还编写了八九十万字教育青少年的宣传材料，为青少年作报告 200 多场次，听众达 10 万多人次。他发明的“拆字说法”，被中国关工委收录进《为了下一代》一书;他的先进事迹被省关工委收录在《我与关工委》和《结对帮教引领人生》两本书中。而且，省内外 10 多家新闻媒体都报道过他的事迹。他还动员家里人和他一起做关心下一代工作,《小海燕》报以《一家三代倾心做关工》为题，介绍了他全家做关心下一代工作的事迹。

身体力行，率先垂范，把关工委工作推进到一个新高度。长期用心做关工委工作，李富义同志心系青少年，关注青少年，也一直帮助资助青少年。多年来，他本人直接为特困生、重病学生捐款 2 万余元，为灾区捐款近 3 万元。在他的带领和倡议下，还为特困学生筹集善款 40 多万元，救助了 500 多名特困学生；同时，为患重病的孩子募集捐款 30 多万元。2022 年春节前夕，本镇有 2 名中小学生患白血病，当时他正在外地，仍然通过微信为两名病患学生捐了款。

在他的直接带领和影响辐射下，现在很多人都已经养成了“我为人人，人人为我”的好品质，形成了关爱少年儿童的好风气，促进了全社会都来关心下一代的好习惯。

倾心为病人，最美魏医生

朱孝伟

2018 年 10 月 19 日上午，山东尼山旅游风景区，秋高气爽，游人如织。人们惬意地欣赏着自然美景，感受着儒家文化的魅力。

突然，一位老年游客在上坡的路途中突发心搏骤停，晕倒在地，很快就失去了知觉！景区工作人员得知后，一边拨打 120 急救电话，一边通知景区医务人员，大家万分焦急，却都手足无措，一时间现场乱作一团。就在这时，远处一位女游客发现情况后快速跑了过来，她拨开人群，看到这位躺在地上的老人情况非常不好，他口唇发绀，没有呼吸，没有心跳，已经没有意识！只见这位女游客毫不犹豫跪倒在地，立刻给予规范标准的心脏按压，三十下后已是气喘吁吁。这时旁边的一个男游客帮忙人工呼吸几次，女游客继续施行心脏按压。持续了十分钟左右，谢天谢地，病人终于恢复了神志，肢体也能活动了，这时 120 急救车也赶到了，大家一起把病人抬上了车。看着病人转危为安，大家长舒了一口气，纷纷为这位及时出手救人的女游客点赞！

原来，这位热心救人的女游客，是徐州市铜山区大许卫生院的妇产科主任魏廷珍医生。魏医生这一天是跟一个老年团来尼山旅游的，这个团里面，也有一位游客突然出现短暂休克，也是她及时施救，掐人中、掐合谷，喂速效救心丸，休克团友才慢慢恢复了意识，幸运地捡回了宝贵的生命。

后来，徐州报社、徐州电视台的记者来到大许中心卫生院，对魏廷珍医生进行了深度采访，人们才知道了魏医生更多的感人事迹。

原来，像这样偶然遇到就及时出手相救的事情，在魏医生平时已经是家常便饭了。她认为用自己所学的医学知识，把握住黄金四分钟，抢救一个鲜活的生命，很有成就感，自己很欣慰！做医生很辛苦，但是救死扶伤，造福病人，值！

1962年7月出生的魏廷珍，1985年在东海卫校助产班毕业，1998年又在徐州医学院临床专业深造，然后就一直在铜山区大许镇中心卫生院工作，直到退休。上班34年来，魏医生学习一丝不苟，工作兢兢业业，育儿以身作则。她生有一儿一女，先后毕业于中国矿业大学和上海大学，分别于2007年和2008年在德国和法国公派留学。她总是教育孩子在国外学习工作生活一定要树立良好的中国人形象。学习认认真真，工作踏踏实实，干一行爱一行，爱一行精一行。

2007年8月，魏医生被医院分派到新疆支边，当时她的父亲处于肺癌晚期，平时因为工作忙，她根本无暇照顾，偶尔看望一下老父亲也是来去匆匆。弟弟提醒她说：姐，咱老爷子可是看一眼少一眼了。突然要去那么远的地方工作，她也觉得愧对老父亲。但自古忠孝不能两全，她左思右想，还是选择了为西部地区人民的生命健康抛却了个人利益。在眼含热泪、给病重的父亲磕了两个头后，她踏上了西去支边的列车。不承想，这竟是她和父亲的永别。每每谈及此事，她都止不住热泪盈眶。

在大许中心卫生院妇产科工作的 34 年中，魏医生总是不怕脏、不怕累，夜间手术随叫随到，视病人如亲人，千方百计为孕产妇、患者着想，尽量让他们看好病少花钱。从专业角度出发，她一直提倡自然分娩和母乳喂养，不轻易为产妇施行剖宫产手术。2006 年 8 月，一个胎膜早破的艾滋病孕妇分娩了，新生儿出生后无心跳，无呼吸，魏医生毫不犹豫给予人工呼吸、心脏按压，经过及时精心抢救，母子二人最终双双平安。事后有人问她：施行人工呼吸，存在那么高的感染风险，你不害怕吗？魏医生只是平静地说了四个字："救人要紧。"

高超的医术见证了魏医生精益求精的职业水平，高尚的医德诠释了魏医生"医者仁心"的人格境界。长此以往，她受到了患者及家属的一致好评，慕名而来专门找魏医生看病的人越来越多。

在一个普通岗位上，魏廷珍医生用她的点点滴滴年年月月彰显了一个医务工作者的职业道德，她把敬业奉献好医生这张名片擦得闪闪发亮。

大许家车站的奠基石

杨洪建

在风雨如晦的旧中国，由于财力不济，陇海铁路涂满了半封建半殖民地的文化色彩。从动议、勘探到建设，到正常营运，是外债和借款支撑着它延绵孱弱的病体。陇海铁路的修建始于汴洛铁路，尔后向东向西延伸，逐段修建通车，如徐州段就分为开徐、徐海、海连 3 个历史阶段。

1903 年，盛宣怀与比利时铁路合股公司的代表签订《汴洛铁路借款合同》，借款 2500 万法郎，建筑开封至洛阳的铁路。1912 年 9 月 24 日，签订《陇秦豫海铁路借款合同》，用于建筑西至兰州、东至海边的铁路和东方终点开辟海港。借款总额为 2.5亿法郎，年息5厘，10年后分期还本，40年后还清。1913年 2 月在徐州设东路工程局，由外籍人领队勘测，负责东段（西起开封、中经徐州、东到海州）的修筑。同年 5 月，开封至徐州段开工。1914 年，第一次世界大战爆发，比公司只支付了 1 亿法郎，就无款可借，开徐段面临夭折的危险。事已至此，北洋政府于 1915 年 4 月 7 日发行短期陇海公债 500 万元，专供开徐段施工之用。1916 年 1 月，开徐段正式通车。但营业萧条，每天只有一次客车往返，朝行暮归，所得收入根本无法偿还陇海路所欠的借款和利息，更谈不上为修建徐海段提供资金，陇海铁路东段陷于全面停顿状态。继续向东展筑，或许有兴旺的可能。面对这一状况，北洋政府无可奈何，于 1920 年派施肇曾赴欧洲筹款。几经周折，1926 年 7 月 1 日，车通大浦。荷兰治港公司发售 5000 万佛罗令（实际发行 3075 万）债券，供徐海段筑路及海口工程之用。1921 年，由荷兰技术人员主持设计施工，在徐州、海州两地同时开工。1923 年 2 月 1 日，徐州至运河（今邳州）段通车；1925 年 7 月 1 日，运河至海州段通车。此时，所借款项基本用完，而建港需款甚巨，荷公司无力再加筹措，只好在大浦站（后为新浦，今连云港）处的临洪河口建了 3 座临时的木质码头，草草了事。

开徐段通车时，管内设杨集、砀山、李庄、黄口、杨楼、郝寨、铜山站，在黄口、砀山建给水设备，在铜山站建机车工厂，修矩形车库一座。铜山站坐落于徐州北门外，有旅客站台两座，长 220 米，宽 10 米，站线 6 股。通车初期，采用电信普通路牌和手信号接发车。该线在徐州与津浦铁路接轨，租用津浦铁路徐州站的设备，并增铺 3 股道为陇海到发线，修筑了第一站台。徐海段施工时，在运河、海州设临时车房、石质煤台，靠人力抬筐。陇海线徐州以西站房设计为法式或比利时式，徐州以东为荷兰式。因工款不足，徐州以西基本建成，徐州以东各站仅建临时房屋，供办公使用，“三无”车站（无站台、无候车室、无货场）比比皆是。线路质量更是低劣，道床松软，路轨不平，新安镇（今新沂）至大浦的道床里不铺一粒砟石。全线仅有11台机车，5台德国造，6台比利时造，皆是小型机车，牵引600吨。直到1932年，各站道岔转辙标志才安装完毕。1933年，有电话线4条，铜山、运河等站设有线电报所，采用法语打字。1934年底，改为音响电报机。

1930年11月，国民政府鉴于陇海东端的大浦码头临洪河口日渐淤塞，甚至500吨以内的吨级轮船亦需待潮勉强出入，无法吞吐全线水路联运货物的现状，令陇海铁路局自筹款项，修建大浦至老窑（连云港，今连云港东）段27.8公里铁路，并拆除清江浦至杨庄线路的钢轨、材料等，供筑路之用。1932年8月5日开工，1935年6月竣工。1933年7月1日，酝酿、筹划多年的海港工程在老窑开工，中国政府铁道部和陇海、平汉、津浦3个铁路局共同集资300万元为工程承包费，该工程名“一号码头”，荷兰治港公司总承包。11月21日，陇海铁路局投资5万元兴建连云港孙家山临时码头。1934年2月11日，山东枣庄中兴煤矿公司垫款100万元，荷兰治港公司承包，在一号码头西260米处开建煤炭专用码头一座，称“二号码头”。1935年4月1日，陇海局正式成立驻港办事处。6月，连云港站大楼破土兴建，陇海局局长钱宗泽前来参加奠基仪式。至此，陇海东段铁路初步成形。

1937年9月，日舰多艘驶至连云港海面，炮击港口、车站，以示威慑。1938年4月29日至5月5日，陇海局配合国民党军，对码头全部爆炸、破坏，沉船12艘封堵港口，把码头、车站和发电厂设备全部拆除西运，同时毁掉连云港至盐坨间的线路，车站、港务人员全部被疏散、调遣。刚刚建成的东陇海铁路，承受了一份伤痛与屈辱。5 月 21 日，日军占领后，迅速肃清沿线的国民党军队，用刺刀和皮鞭驱赶大批中国人来赶修铁路。路料不够，他们拆掉同蒲段的设备来充实，咬牙改造了这条铁路。1939 年 11 月，陇海东段通车，换成日本造的大型机车，牵引 1500 吨，时速提高到 50—80 公里。列车对数也相应增加，每天接发旅客列车 3 对，货物列车 6 对。日军又在海州与刘顶磷矿间，增设了一条 10 公里的窄轨轻便铁路（刘顶支线），用以掠夺磷矿资源。从 1940 年 7 月 1 日至 1945 年 8 月 15 日，通过连云港运往日本的煤炭达 770 多万吨。此外，徐州至商丘间的粮食、沿线的矿产，也被大量掠夺。

整个陇海铁路从连云港到兰州全线贯通已经到了 1952 年，刚刚解放的新中国仅用一年半的时间，就修通了天水至兰州段遗下的 348 公里线路。毛泽东主席挥毫致贺：“庆贺天兰路通车，继续努力，修筑兰新线！”

全程 1759 公里的陇海铁路从孕育到出世，几经磨难，数次濒临夭折之险，历经清朝、民国，直至新中国成立后才全线通车。连云港至天水段，全长 1380.6 公里，旧中国用了 37 年时间，平均每年修建 49.7 公里；其中徐州至连云港 223.45 公里，用了 14 年的时间，每年筑路 15.96 公里，天水、兰州段仅完成全部工程的 13%。铁路设备中，有美英法日和国产汉阳造，宛如万国博览会。旧中国国力之衰弱，艰辛与无奈，从中可见一斑。

现在徐州车务段机关大院内，矗立着一块大许家车站的奠基石，上面刻着“1923”字样。大许家车站建在徐州铜山县（现已改为铜山区）大许村，村里许姓众多，是大户人家。清朝初期曾出了一个叫许士秀的秀才，远近闻名。车站由此取名大许家。

长风破浪正此时（后记）

沈士峰

麦收时节，作协邀请我赴大许镇开展“聚焦乡村振兴　书写新山乡巨变”主题创作实践活动，初听有点诧异，大许，铜山的一个农业乡镇，虽然离徐州只有 30 多公里，但从来没有去过，自然没什么印象。翻阅资料，知道它既没有旅游优势，也没有矿产资源，工商业也不是很发达，在徐州众多的乡镇里，并不显得出众特别。转而一想，也许正因为它的平凡，才需要更好了解；也许正因为它的普通，才值得更好解析，只有解构平凡，发现肌理，才能更好地书写乡村振兴吧，于是欣然前往。

到了大许，平畴沃野，一览无余，金色的麦浪随风翻滚，黄澄澄的杏果挂满枝头，圆滚滚的白蒜堆满地头，整洁平静的农家小院时不时传来几声鸡鸣犬吠，“暧暧远人村，依依墟里烟。狗吠深巷中，鸡鸣桑树颠。”好一派田园风光、好一派丰收的景象。我的心也在这广阔的田野、在农人们吆喝忙碌声中不断宽阔透亮起来，古旧的民居、残破的佛塔、悠久的祠堂——目光所及的一切总让人联想，总使人回味，内心萦绕着一种剪不断、扯不断的思绪，这是一种深深浸润乡土的情结，这是一缕无法抹去的心中的愁思，朴实而又真挚，潜在而又深刻，它不仅深深扎根在我的心中，也深深烙印在每一个采风实践作家的心中，这不用揣摩，因为每个人的眼神都含着清澈的光芒。

一路匆匆忙忙，一路马不停蹄，参观、体验、座谈——诚然，除了无法割舍的那份对乡土的思恋，大许，与我想象的一样，真的很普通，没有繁华的街市，没有连片的企业，没有别具一格的民居，没有千年的古刹，没有幽深的院落，也没有古老传神的故事，它就和许许多多的乡镇一样，普通而又平凡。

但是我总觉得它有一种别样的气质，让人心怡、让人迷恋、让人神往。可这种气质是什么，我一时也说不出、道不明，只好在我的心中不断萦绕、愈积愈浓、无法释怀——

一日，无意间翻看地图，大许又映入眼帘，我久久注视着，突然发现大许就像一只雄狮，横亘在徐州的东隅，忠诚地守卫着徐州这座古老的城池，我仿佛找到了困惑已久的答案。

是的，大许就像一只威武的雄狮，倔强地成长。

英勇无畏是你鲜明的性格。大许历来就是军事要冲，先辈们也曾像铁道游击队一样，破铁轨、打鬼子、抵外辱，年轻的后生们义无反顾前赴后继，把身躯热血留在这片挚爱的土地上，留下来的孤儿寡母坚韧顽强地活着，犹如生生不息的小草，只为守护着这片生养的大地。淮海战役的第一战徐东阻击战，成千上万的战士为了正义、为了光明，为了改变世代受苦的命运，用长刀短枪抗衡飞机大炮，用血肉身躯阻挡溃逃之敌，为了信仰、为了希望，为了一个美好幸福的未来，他们永远长眠在这片神圣的土地上——暗淡了刀光剑影、远去了鼓角争鸣，硝烟已经散去，大许人不会忘记，在朱庄、沙庄烈士纪念碑依然高昂矗立、永远庄严肃穆，让世代人们永远铭记那段苦难的历史、深深缅怀逝去的英雄。英勇无畏已深深融入大许人的骨髓里、已深深流淌在大许人的血液中，铸就了一种永恒的凛然之气，化育为一股豪迈的浩荡之风，在这片英雄的土地上不断发扬光大。

勇往直前是你永恒的追求。大许虽然普通平凡，但在大许人的骨子里总有一种不服输、敢闯敢干那股子“拼命三郎”的硬气，他们没有怨天尤人、没有自暴自弃、没有求等靠要，而是把目光放在这片繁养生息的土地上，确定了“强龙头、聚集群、延链条、育市场、创品牌”的思路，推动“党建 + 股田制”改革，构建了大蒜、草莓、黑玉米、菊花等“七彩”产业集地。大许人用自己的真诚、朴实和厚道，感召客商、服务客商，吸引客商投资兴业，他们充分发挥农爱田、爱迪食品等龙头企业作用，推动冷藏设施建设、做大做强农产品深加工等，努力拓展农业产业链条，统一打造大许品牌，不断提升农产品的品质与附加值，推动更多优质“许字号”农业品牌进入千家万户，他们在劈波斩浪中开拓前进，在披荆斩棘中开辟天地，在攻坚克难中创造业绩，大许人深深懂得美好的生活都是靠自己的聪明智慧和辛勤劳动创造出来的。

自信自强是你坚定的品质。大许的乡野处处蕴含着我们这个民族最潜在深沉、最充实雄浑的传统，走进西探村悠久的张家祠堂，来到花果满枝头的古老枝子楼，无不向我们传递着乡亲们睦邻友善的淳朴真情、乡村自治的人文风范、自然和谐的人居环境、空灵美丽的自然景观，让我们随时回首过往，充满自豪，记住乡愁。重视教育是大许的优秀传统，大许中学，一所地处偏远的乡镇中学，历史悠久、底蕴深厚，办学水平、综合质量位居铜山第一方阵，培养了大批人才，现已成为四面八方莘莘学子追求梦想的起航地。耕读传家远，诗书继世长，大许人知道，文化使人自强不息，厚德载物，是喷涌不断的力量源泉；知识是改变命运、缩小城乡差距、创造美好生活的最好路径。

开放包容是你博大的胸怀。随着城市东向发展战略的推进，大许将成为徐州市“十四五”规划中的东部物流新城和高铁新城所在地，这是千载难得的机遇，这也是艰难险峻的挑战。机遇从来都是留给有准备的人，从一纸蓝图到实景绽放，需要大视野、大格局、大胸怀，需要永不服输、超出常人的气魄，也需要坚韧不拔、坚持不懈的努力和付出。大许人从不故步自封，他们一直心怀远方，那座小小的大许家车站曾承载着大许人的梦想不断驶向远方，如今已落成的高铁新站又承载着大许人驶向更远的远方，海纳百川、有容乃大，百年前的那座天主教堂至今依然保留如新，越来越多的客商落户大许，就是大许开放包容、善于接受新事物、勇立时代潮头的最好的见证。精诚所至、金石为开，大许人一定会以辽阔的胸襟，宽广的格局、独到的眼光，吞吐万汇、兼纳远近，吸收精粹、熔铸一体，打造出现代化的、一流的物流新城，建设好一个别具特色、使人流连忘返的高铁新城。

我想，这就是大许的气质吧！虽然你现在依然很普通很平凡，但你那骨子里如同雄狮般的倔强，注定你不甘平凡、不甘平庸，是的，在大许我们看到现代农业正聚规模、现代物流正在汇聚、高端装备制造业正在成型、电子商务正在成长、宜居优美的田园小镇正在打造——一切都在发生改变，一切都在走向美好，一切都值得期许。

乡村振兴是天下百姓最美好的期盼，牧歌田园是华夏儿女心灵安顿的归处。乡村经济、乡村法治、乡村文化、乡村治理、乡村生态、乡村党建全面强起来，决定着乡村振兴的成色和社会主义现代化的质量。道阻且长、行则将至。乡村振兴并不是一蹴而就、一帆风顺的，要有越是艰难越向前的刚健勇毅，要有勇挑重担、勇克难关的责任担当，要有前赴后继、艰苦卓绝的接续奋斗，艰难方显勇毅，磨砺始得玉成。唯其艰巨，所以伟大；唯其艰巨，更显荣光。

大许愿你如雄狮般威武，举首朝天据洞扉，自古雄名威万古。

大许愿你如雄狮般祥瑞，做出表率，自强不息、勇毅前行！

（沈士峰，现为江苏省徐州市文联党组成员、副主席）